旅館・餐飲・觀光旅遊

待客服務日語會話入門

陳寶碧 著

鴻儒堂出版社發行

序 言

　　本會自開辦觀光餐旅管理研習班以來，一直以培養高水準的觀光業服務新兵爲己任，而要達到這樣的目標，語言能力的訓練，就變得異常的重要，日語會話訓練更是其中重要的一環。

　　在偶然的機會裡，本會連絡上陳寶碧老師，並邀請其以在日本旅居十數年，所累積的語言能力與針對服務業的深入鑽研，爲本會研習班代訓學員，欣蒙陳老師應允，並爲強化教學內容、適應每位學員不同的日語基礎能力，陳老師更設計了一套教材，依照學員的程度分別給予適當的教導，事後驗收證明了這套教材的實用性，所有的學員在日語會話方面都有了長足的進步。尤其是這本針對旅館、餐飲、旅遊服務人員待客服務會話設計的教材，更能滿足立志成爲優秀服務人員的需要。

　　本書最大的特色在於以最淺顯的手法，表現出日語的生動性，並分類整理出旅館管理、餐飲管理、觀光旅遊管理等三大類，以現場的說明導入使學習者能夠循序漸進，由單字句型進階至實際的會話代入練習，使從事以上服務業的工作人員，都能得心應手的應用在職務上。爲了使得學習更能掌握書中的精華，陳老師更設計配合書中的內容錄製錄音帶，讓學習者能夠念、聽、看三者相互配合加快學習的腳步與效果。

　　時代的巨輪一直在轉動，社會的腳步也愈來愈進步，人與人之間的接觸愈見頻繁，語言的溝通能力也就愈形重要，如何學好語言已是一個時代青年重要的課題之一，而日本與我國之間的經貿往來關係一直非常頻繁與熱絡，日語成爲服務業者的第二重要外國語，在坊間除了一般的日語讀本之外，就屬以出國觀光爲對象的書籍較多，陳老師這本書徹底的彌補了一般坊間圖書的的不足，而滿足了服務人員的需要，"它"實實在在的是一部好書，本會樂於使用它，更真心推薦有意成爲一位優秀的服務工作人員的朋友們，都能選擇這本最好、最完整的教學教材。

台中市觀光協會　理事長

林○德

内容説明

　　本書是爲旅館、餐飲、觀光旅遊之從業人員所編輯的待客服務之日語入門教材。以實務的狀況及各種場合循序導入説明。對於從事以上服務業之學習者，只要學過初級日語課程教材，皆能簡易、明瞭、快速的達到學習效果，並且正確的活用於實務上。

【內容構成】

　　本教材共分爲「旅館管理」「餐飲服務管理」「觀光旅遊管理」等三大單元。第一～五課爲旅館管理、第六～十課爲餐飲服務管理、第十一～十七課爲觀光旅遊管理。本教材除了以實務的狀況導入針對各個職稱及工作的內容加以説明外，主要構成如下。

〈一〉單字：列出主要的單字、重音標示及中文説明。

〈二〉常用的句子：列出常用的句子。學習者只要將這些句子背熟套入
　　　　單字加以活用就能在職場上運用自如。

〈三〉會話練習：模擬實務的狀況列舉出各種場合的會話練習。教學者
　　　　可以讓學員互相擔任會話中的角色交互練習，使學習者更能有效
　　　　的把握住各種狀況的應對。

〈四〉每課均附中文翻譯以供學習者參考。

〈五〉於單元中除了列出主要的單字外，並附加專有名詞的日語讀法，
　　　　如料理的名稱、種類、作法、台灣主要觀光地的名稱等。
　　　　附錄中並整理列出對客人使用敬語的表達方法。

　　這本日語待客服務會話入門，凡就讀觀光科的學生及目前從事旅館、餐飲、觀光旅遊業者皆適合使用。

目　次

待客服務日語會話入門
CD目錄

一 ホテル管理篇

第一課　　ドアマン

門衛：在飯店門前為客人（開關門、提行李、呼叫計程車、引導門前的交通等）的服務員。

● 開門時

「いらっしゃいませ。」

歡迎光臨。

● 客人的行李從車上全部卸下時

「お客様、お荷物は　こちらで　全部でございますか。」

這些是您的全部行李嗎？

「お客様、お荷物は　全部で　六個でございますか。」

您的行李總共是六件嗎？

● 當客人的座車到達時。

「山田さん、お車が　まいりました。」

山田先生，您的座車來了。

「お客様、タクシーが　まいりました。」

您叫的計程車來了。

2

● 偶爾，客人會有以下的詢問

「駅に 行きたいですが 道を 教えてください。」

請教我車站怎麼去。

「この近くに デパートが ありますか。」

這附近有百貨公司嗎？ （郵便局 薬局 飲食店）

「ウェディングドレスの 展示会は ここの ホテルですか。」

結婚禮服的展示會是在這裡嗎？ （宝石 くつ 紳士服）

以上是門衛較容易遇到的問話。所以對飯店附近的環境及對飯店所舉辦的活動都必須了解，以便隨時為客人服務。

| 常用的單字 |

3	びじゅつかん	（美術館）	美術館
4	はくぶつかん	（博物館）	博物館
4	すいぞくかん	（水族館）	水族館
0	びょういん	（病院）	醫院
0	ぎんこう	（銀行）	銀行
3	ゆうびんきょく	（郵便局）	郵局
0	こうえん	（公園）	公園
4	どうぶつえん	（動物園）	動物園
2	としょかん	（図書館）	圖書館
4	しょくぶつえん	（植物園）	植物園
0	ちゅうしゃじょう	（駐車場）	停車場
2	デパート		百貨公司
1	えき	（駅）	車站
0	ばいてん	（売店）	小賣店
0	やっきょく	（薬局）	藥局
4	いんしょくてん	（飲食店）	飲食店
3	てんじかい	（展示会）	展示會

ほうせきのてんじかい　　　　　（宝石の展示会）　　　　　寶石的展示會

しんしふくのてんじかい　　　　（紳士服の展示会）　　　　紳士服的展示會

ふじんふくのてんじかい　　　　（婦人服の展示会）　　　　婦女服的展示會

荷物のかぞえかた

ひとつ	（一つ）	いっこ	（一個）
ふたつ	（二つ）	にこ	（二個）
みっつ	（三つ）	さんこ	（三個）
よっつ	（四つ）	よんこ	（四個）
いつつ	（五つ）	ごこ	（五個）
むっつ	（六つ）	ろっこ	（六個）
ななつ	（七つ）	ななこ	（七個）
やっつ	（八つ）	はちこ	（八個）
ここのつ	（九つ）	きゅうこ	（九個）
とお	（十）	じっこ	（十個）
（いくつですか。）		（何個ですか。）	

方向（ほうこう）

③	ひがし	東	⓪	にし	西
⓪	みなみ	南	②	きた	北
⓪	とうなん	東南	⓪	とうほく	東北
⓪	せいなん	西南	⓪	せいほく	西北
⑤	とうざいなんぼく	東西南北			

位置（いち）

⓪	うえ		上	①	なか	中
⓪	した		下	①	そと	外
⓪	ひだり		左	⓪	となり （隣）	隔壁
⓪	みぎ		右	⓪	ちかく （近く）	附近
①	まえ		前	⓪	あいだ （間）	中間
⓪	うしろ	（後ろ）	後			

7

【常用的句子】

1. いらっしゃいませ。

2. お泊まりでいらっしゃいますか。

3. お荷物を　お持ちしましょうか。

4. お客様の　お荷物は　こちらで　全部でございますか。

5. ただいま、ベルマンが　ご案内いたします。

6. 滑りますので　足元に　ご注意ください。

7. 回転ドアに　指を　はさまないように　お気を　つけください

   ませ。

8. 出発でございますか。

9. お車が　まいりました。

10. タクシーを　お呼び致しましょうか。

11. どちらまでいらっしゃいますか。

12. 駐車場でございますか、こちらを　真っ直ぐいって　右に　お

   曲がり下さいませ。

13. はい、只今　駐車場が　空いております。

14. タクシーに　お乗りでございますね、あちらが　お乗り下さる

   場所に　なっております。

15. ドアを　お閉め致します。

【常用的句子】

1. 歡迎光臨。

2. 請問是要住宿嗎？

3. 讓我來幫您拿行李。

4. 先生，這些是您的全部行李嗎？

5. 請服務員來為您帶路。

6. 地上會滑，請小心行走。

7. 請小心手不要被旋轉門夾到了。

8. 請問是要退房了嗎？

9. 車子來了。

10. 要為您叫計程車嗎？

11. 要去那裏呢？

12. 停車場嗎？從這裏直走，然後右轉就到了。

13. 是的，還有停車位。

14. 要乘計程車嗎？那邊有計程車招呼站。

15. 我幫您關上車門。

会話練習 I
【場所を尋ねる時】

客：すみません、この　近くに　デパートが　ありますか。

ドアマン：デパートですか。あちらに　信号が　見えますね、あの

信号を　渡って　すぐ　右側に　あります。

客：わかりました、どうも。

會話練習 I
【問路】

客人：對不起，這附近有百貨公司嗎？

門衛：百貨公司嗎？過那個紅綠燈右邊就是了。

客人：我曉得了，謝謝。

会話練習 II
【催し物の場所を聞くとき】

客：こちらで　宝石の　展示会を　やっていますか。

ドアマン：はい、開いております。

会場は　１２階でございます。どうぞ　お越しくださいま

せ。

--♣------------------♣------------------♣------------------

會話練習 II
【展示會場的詢問】

客人：寶石的展覽會是在這裡嗎？

門衛：是的，會場在１２樓。歡迎參觀。

第二課　　ベルマン

行李員：客人在飯店住宿期間的一切服務，皆由ベルマン負責執行。如行李的搬送、雜誌、報紙、留言的傳送、房間內設備使用的說明等等。

● 當客人進入大廳時

「いらっしゃいませ。お泊まりの　お客様でいらっしゃいますか。フロントまで　ご案内いたします。」

歡迎光臨！請問是要住宿嗎？請跟我到櫃台。

● 當客人有多件行李時

「いらっしゃいませ。お荷物を　お持ちいたします。」

歡迎光臨！我幫您提行李。

● 待客人在櫃台辦完手續，行李員從櫃台取得鑰匙後

「お待たせ致しました。お客様の　お部屋番号は　５０２号室でございます。ご案内いたしますので、お荷物を　お持ちいたします。どうぞこちらへ。」

讓您久等了！您的房間號碼是５０２室。我幫您提行李，請這邊走。

● 電梯的門打開之後

12

「お客様、どうぞ。」

先生，請！

● 電梯到達五樓時

「お客様、五階でございます。」

先生，五樓到了。

● 對其他不在這個樓層下電梯的客人説

「失礼いたします。」

對不起。

● 到了房間門口時

「お客様の　お部屋は　こちらの　５０２号室でございます。」

這是您的房間５０２室。

● 進入房間，將電燈打開後

「お客様、どうぞ。」

先生，請！

● 須對客人説明的一些事項

「お客様、こちらは　お部屋の　キーでございます。ドアは

自動ロックに　なっておりますので、外に　出られるときに

お持ちになり、ご出発の際に　フロントに　お返しください

ませ。」

先生，這是房間的鑰匙。因爲門一關上後便會自動上鎖，所以
出門時請記得攜帶鑰匙。結帳離開時，請將鑰匙交還櫃台。

「非常口は　廊下の　突き当たりに　ございます。『安全門』

と　表示されております。」

緊急疏散口『安全門』在走道的盡頭。

「こちらの　ナイトテーブルには　テレビ・ラジオが　右の

スイッチで、ライト・アラームが　真中の　スイッチで、エ

アコンディショナーが　左の　スイッチです。」

床頭櫃上，電視、收音機的開關在右邊。中間的開關是桌燈和
自動鬧鐘，左邊是冷氣的開關。

「ルームサービスは　２４時間承っておりますが。コーヒーシ

ョップは　地下一階です。午前６時から　１０時まで　朝

食を　ご用意しております。」

我們的房間服務是２４小時聽候使喚的。餐廳在地下一樓，從
早上６時到１０時，請享用我們爲您準備的早餐。

「冷蔵庫は　テレビの　よこに　ありますが。どうぞ　ご利用

くださいませ。」

冰箱在電視機的旁邊，請多多利用。

「ほかには　何か　ございましたら、フロント９番に　ダイヤルを　回していただければ　ご用を　承ります。では　ごゆっくりと　お休みくださいませ。」

其他如果有什麼需要，請按電話號碼鍵９號，由服務台竭誠爲您服務。那麼，請好好休息，不打擾了。

● 當客人退房時，須要行李員將行李搬到大廳時

「お早うございます。ベルです。お荷物を　お預りにまいりました。」

早安！我是行李服務員。來爲您搬行李的。

以上是ベルマン較常用得著的會話，當然另外也可補充一些問候的話。如：

「台湾へは　初めてでいらっしゃいますか。」

您是第一次來台灣的嗎？

「ご旅行は　いかがですか。」

這次旅行，玩得怎麼樣呢？

「台湾の　印象は　いかがでございますか。」

您對台灣的印象如何呢？

房間内的設備、用具

4	ツインルーム		兩個單人床組成的雙人房
2	スイート		客廳和臥房分開的套房
1	シングル		單人
1	ダブル		雙人
1	ドア		門
1	キー		鑰匙
1	ベッド		床
4	ナイトテーブル		床頭櫃
0	しんしつ	（寝室）	臥室
0	つくえ	（机）	桌子
0	いす	（椅子）	椅子
1	まくら	（枕）	枕頭
0	れいぼう	（冷房）	冷氣
1	クーラー		冷氣
0	エアコン		冷氣
0	ふとん	（布団）	棉被
1	もうふ	（毛布）	毛毯
4	ようふくかけ	（洋服掛け）	掛衣架

5	ようふくだんす	（洋服だんす）	衣櫃
1	スリッパ		拖鞋
1	ハンガー		衣架
3	かがみ	（鏡）	鏡子
0	よくそう	（浴槽）	浴缸
0	じゃぐち	（蛇口）	水龍頭
1	べんき	（便器）	便盆
0	おゆ	（お湯）	熱水
0	せんめんだい	（洗面台）	洗臉台
0	せっけん	（石鹸）	香皂
6	でんきスタンド	（電気スタンド）	枱燈
4	ベッドカバー		床罩
4	サイドテーブル		床邊的桌子
1	シーツ		床單
1	ソファー		沙發
1	カーテン		窗簾
2	ブラインド		百葉窗
2	スイッチ		開關
3	コンセント		插座
2	はブラシ	（歯ブラシ）	牙刷

4 ねりはみがき　（ねり歯みがき）　　　　　　牙膏

1 タオル　　　　　　　　　　　　　　　　　　毛巾

1 シャンプー　　　　　　　　　　　　　　　　洗髪精

6 トイレットペーパー　　　　　　　　　　　　衛生紙

3 バスタオル　　　　　　　　　　　　　　　　浴巾

2 ドライヤー　　　　　　　　　　　　　　　　吹風機

5 ティッシュペーパー　　　　　　　　　　　　化粧紙

③	あんない	（案内）	招待、引導
②	てつづき	（手続き）	手續
⓪	とうちゃく	（到着）	抵達
③	かさたて	（傘立て）	傘架
⓪	えんかい	（宴会）	宴會
⓪	りよう	（利用）	利用
⓪	かいだん	（階段）	階梯
⓪	つきあたり	（突き当たり）	盡頭
③	おてあらい	（お手洗い）	化粧室
①	トイレ		化粧室
②	けしょうしつ	（化粧室）	化粧室
⑥	おんどちょうせつ	（温度調節）	温度調節
⓪	まわす	（回す）	撥、打
②	ひじょうぐち	（非常口）	安全門
⓪	きちょうひん	（貴重品）	貴重品
①	ロッカー		保管櫃
④	じどうロックしき	（自動ロック式）	自動上鎖式
⓪	ろうか	（廊下）	走廊

0	ゆうりょう	（有料）	收費
0	むりょう	（無料）	免費
0	しゅっぱつ	（出発）	出發
0	でんぴょう	（伝票）	傳票
4	まいります	（参ります）	來・去
0	かんない	（館内）	館内
0	おんりょう	（音量）	音量

【常用的句子】

1. いらっしゃいませ。お持ち致します。お荷物は　二つでござい
   ますね。

2. いらっしゃいませ。お客様、お傘は　外の傘立てに　お願い致
   します。

3. 本日の　ご宴会でございますか。三階でございます。

4. そちらの　エレベーターを　ご利用下さいませ。

5. お手洗いでございますか。真っ直ぐいらっしゃいますと　突き
   当たりの　右手に　なっております。

6. ご案内申し上げます。

7. お客様の　お部屋は　八階に　なっております。

8. 八階でございます。

9. 右の　ほうへ　お進み下さいませ。

10. どうぞ　お入り下さいませ。

11. お荷物は　こちらに　置かせて　いただきます。

12. 温度調節は　こちらに　なっております。

13. バスルームは　こちらでございます。

14. 鍵を　こちらに　置かせて　いただきます。

15. ご用が　ございましたら、ダイヤル9番を　お回し下さいませ。

16. モーニングコールは　コンピュターに　なっております。

17. ドアは　自動ロック式に　なっておりますので　出られる時に
は必ず　鍵を　お持ちに　なって下さい。

18. どうぞ　ごゆっくり　お休みなさい。

【常用的句子】

1. 歡迎光臨！我來幫您提行李。您的行李是這2件嗎？

2. 歡迎光臨！先生，雨傘請放在外面的傘架上。

3. 今天的宴會嗎？請上3樓。

4. 請乘用那邊的電梯。

5. 洗手間嗎？從這裏直走到盡頭，右手邊就是了。

6. 我來帶路。

7. 先生，您的房間是在8樓。

8. 8樓到了。

9. 請往右邊走。

10. 請進。

11. 您的行李放置在這裡。

12. 這個是溫度調節。

13. 這裏是浴室。

14. 鑰匙放在這裡。

15. 如果有事的話，請撥9號鍵。

16. 晨呼電話可用電腦設定。

17. 門是自動上鎖裝置的。要出門的時候，請記得把鑰匙帶出來。

18. 請好好的休息。

会話練習 I
【お客様をフロントまで案内する時】

ベルマン：いらっしゃいませ。お荷物は　三つでございますか。

　　　客：はい、そうです。

ベルマン：フロントまで　ご案内いたします。どうぞこちらへ。

　　　客：どうも。

～～～＊フロントで＊～～～

ベルマン：チェックインの　手続きを　お願いします。

　　　客：どうもありがとう。

ベルマン：失礼いたします。

--------------------♣--------------------♣--------------------♣--------------------

會話練習 I
【帶領客人到櫃台】

服務員：歡迎光臨！您的行李是這三件嗎？

　　客人：是的。

服務員：請跟我到櫃台，請往這邊走。

　　客人：謝謝！

～～～＊在櫃台＊～～～

服務員：請在這裡辦理手續。

　客人：好的、謝謝。

服務員：不客氣！先告退了。

会話練習Ⅱ
【お客様をフロントまで案内する時】

ベルマン：いらっしゃいませ。お泊まりの　お客様でいらっしゃいま

　　　　　すか。

　　　客：はい。

ベルマン：お荷物を　お持ちいたします。スーツケース二点でござい

　　　　　ますか。

　　　客：はい、そうです。

ベルマン：フロントで　チェックインの　手続きを　おねがいします。

　　　　　どうぞこちらへ。

　　　客：どうも。

フロントクラークに：お泊まりの　お客様です。

會話練習Ⅱ
【帶領客人到櫃台】

服務員：歡迎光臨！請問要住宿嗎？

　客人：是的。

服務員：我來幫您提行李，您的行李是這二件旅行箱嗎？

　客人：是的。

26

服務員：請跟我到櫃台辦手續，請往這邊走。

客人：謝謝。

服務員對櫃台的人員說：這位客人要住宿。

会話練習Ⅲ
【お客様をお部屋まで案内する時】

ベルマン：おまたせいたしました。お客様の　お部屋番号は　５０２

　　　　　号室でございます。どうぞこちらへ。

　　客：はい。

～～～＊エレベーターのドアが　あいて＊～～～

ベルマン：お客様　どうぞ。

　　客：ありがとう。

ベルマン：台湾へは　初めてでいらっしゃいますか。

　　客：いいえ、二回目です。

ベルマン：お待たせいたしました。５階でございます。どうぞ。

------------------------♣------------------♣------------------♣---------------------------

會話練習Ⅲ
【帶領客人到房間】

服務員：讓您久等了！您的房間號碼是５０２室。請這邊走。

　　客人：好。

～～～＊在電梯門口＊～～～

服務員：先生，請！

客人：謝謝。

服務員：您第一次來台灣的嗎？

客人：不！我是第二次來的。

服務員：5樓已經到了。請！

会話練習Ⅳ
【お客様をお部屋まで案内する時】

~~~＊廊下で＊~~~

ベルマン：お客様の　お部屋は　右から　二番目の　５０２号室です。

　　　客：非常口は　どこですか。

ベルマン：非常口は　廊下の　つきあたりに　ございます。

ベルマン：こちらは　お部屋の　５０２号室です。お客様　どうぞ。

會話練習Ⅳ
【帶領客人到房間】

~~~＊走道中＊~~~

服務員：先生，您的房間是右邊第二間的５０２室。

　客人：安全門在那裡呢？

服務員：安全門在這個走道的盡頭。

服務員：５０２室到了。請進！

会話練習V
【部屋の説明】

ベルマン：お客様、こちらは　お部屋の　キーでございます。

　　　　　お荷物は　ここの　台の　上に　置きます。全部で二つで

　　　　　ございます。どうぞ　ご確認ください。

　　客：ええ、ありがとう。

ベルマン：この　部屋の　キーは　自動ロック式でございますので、

　　　　　外に　出られるときに　お持ちになり、ご出発の際に　フ

　　　　　ロントに　お返しくださいませ。

　　客：ライトなどの　スイッチは　どこに　ありますか。

ベルマン：こちらの　ナイトテーブルに　あります。

　　　　　テレビ・ラジオが　右のスイッチで　ライト・アラーム

　　　　　が　真中の　スイッチ、エアコンデショナーが　左の　ス

　　　　　イッチです。

　　客：国際電話を　かけたいときは　どうすればいいでしょうか。

ベルマン：受話機の　よこに　機能説明書が　ありますので　その説

　　　　　明書を　読んで頂ければ　すぐ分かりますと　思います。

　　客：冷蔵庫の　中の　飲み物は　もし利用した場合、どうなる

　　　　　でしょうか。

ベルマン：冷蔵庫の　飲み物は　有料と　なっていますが　ご利用の

際は　伝票に　サインして、ご出発の　時に　フロントへ
提出して　頂くよう　お願いいたします。

客：分かりました。

ベルマン：どうぞ　ごゆっくり　お休みなさい。

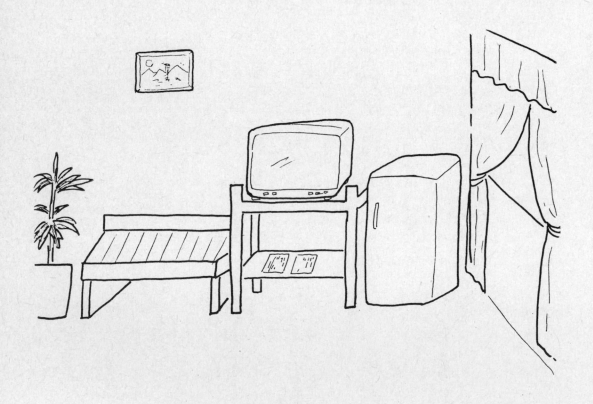

會話練習 V
【房間的說明】

服務員：先生，這是房間的鑰匙。行李放在行李架上了，請確認一下。

客人：沒有錯，謝謝了。

服務員：這房間的門鎖是自動上鎖裝置的，出門時請記得帶出。若要離

開時，請交還櫃台。

客人：電燈，還有其他的開關在那裡呢？

服務員：開關在床頭櫃上。右邊的是電視、收音機。中間的是電燈和鬧

鐘，左邊的是冷氣開關。

客人：想打國際電話，要怎麼打呢？

服務員：在電話機旁，請參閱我們為您備有的使用說明。

客人：這冰箱中的飲料，可以用嗎？

服務員：這是為方便客人而提供的，很抱歉！但必須付費。

取用時請在傳票上簽名，要退房時請拿至櫃台一併結帳。謝謝！

客人：知道了。

服務員：那麼，請休息！告退了。

会話練習Ⅵ
【チェックアウト】

客：チェックアウトしたいですが　荷物が　ちょっと多いので

　　とりにきて　もらえますか。

ベルマン：かしこまりました。お客様の　お部屋番号を　お願いいた

　　します。

客：５０２号室です。

ベルマン：５０２号室でございますね。ただいま　お伺い致します。

　　お部屋で　少々　お待ち下さい。

　　～～～＊～～～　　　　　～～～＊～～～　　　　～～～＊～～～

ベルマン：おはようございます。ベルですが、ご依頼の　お荷物を

　　お持ちに　参りました。

客：どうもありがとう。その　台の　上の　スーツケースを

　　二つ　お願いします。

ベルマン：かしこまりました。スーツケース　二つでございますね。

客：そうです。

ベルマン：貴重品や　壊れやすい物は　ございませんか。

客：いいえ、ありません。

會話練習VI
【退房】

客人：我想退房了。可以請服務員上來幫我拿行李嗎？

服務員：好的。請問您的房間號碼？

客人：５０２室。

服務員：５０２室。馬上過去，請稍待一下。

~~~*~~~　　　~~~*~~~　　　~~~*~~~

服務員：早安！我是行李服務員。您吩咐上來拿行李的。

客人：謝謝！就是台上的那２件行李箱，拜託了。

服務員：不客氣。是這２件旅行箱嗎？

客人：是的。

服務員：裏面有貴重物品或易碎的東西嗎？

客人：沒有。

第三課　　フロント

櫃台：辦理旅客的住宿手續、提供郵件、傳真的服務、資訊的傳達。安排各項住宿及旅遊有關的預約、取消、確認及變更等。並有為住宿客人與外界連繫的總機服務，以及會計、外匯等業務。
櫃台的功能是提供客人全方位的服務。是否能使客人有賓至如歸的感覺，全賴フロント人員的應對與服務。

● 客人住宿時，櫃台人員的招呼

「いらっしゃいませ。」

　　歡迎光臨。

「ご予約でいらっしゃいますか。」

　　請問有預約嗎？

● 當客人表示已預約時

「お名前を　お願い致します。」

　　請問您的尊姓大名？

「少々　お待ち下さい。」

　　請稍候。

「お待たせ致しました。ご予約は　シングルルーム　２泊でございますね。」

讓您久等了！您是預約單人房要住宿２個晚上。

● 如客人表示未預約時

「少々　お待ち下さい。いますぐ宿泊の　状況を　調べます。」

請稍候，現在馬上查一下住宿表。

「お待たせ致しました。ただいま　シングルルームが　空いて
おりますので　お客様は　何泊する予定でしょうか。」

讓您久等了！目前還有單人房，請問您預定要住宿幾天呢。

● 辦理住宿手續時

「パスポートを　お見せ下さいませ。レジストレーションカー
ドの記入を　お願い致します。」

請出示您的護照。並請填寫住宿登錄卡。

● 付款方式的詢問

「お支払いは　どのように　なさいますか。」

請問您要用什麼方式付款呢？

「お支払いは　カードですか、現金ですか。もし　カードで
お支払いになさる時、先に　カードを　プリントさせていた
だけますか。」

37

請問是用信用卡或付現金呢？如果是用信用卡的話，請預先讓我們刷卡。

● 手續完了之後，請服務員帶客人到房間

「ありがとうございました。お客様の　お部屋は　5階の　502号室でございます。ただいま　ベルが　参りますので　少々　お待ち下さいませ。」

謝謝！您的房間是5樓的502室，服務員馬上來，請您稍候。

~~~＊對ベルマン説＊~~~

「田中様を　502号室へ　ご案内してください。」

請帶田中先生到502號房。

● 如果是常來的客人或貴賓時

「いらっしゃいませ。田中様　いつもご利用頂きまして　誠にありがとうございます。いつもの　お部屋を　お取りしておきましたので　少々　お待ち下さい。」

歡迎光臨！謝謝您經常惠顧。您常住的那間房間，我們有為您保留著。請稍待一會兒！

「田中様　先ほどから　お待ちしておりました。」

田中先生，我們從剛才就一直在等候您的光臨了。

「暫くでした。今度は　お仕事で　当地に　お越しでございま

すか。どうぞ　ごゆっくりと　ご滞在くださいませ。」

好久不見了。您這次是因工作的關係來本地的嗎？祝您在這段
期間輕鬆愉快！

● 　當客人問到其他的服務時

【旅遊觀光資訊】

「フロントの　右側に　スタンドの　上に　いろいろな　観光

パンフレットが　置いてありますので　ご遠慮なく　お取り

ください。」

在櫃台右側的架子上有各種旅遊目錄，請多利用。不必客氣！

【希望拷貝、傳真…等服務時】

客：「この　原稿を　2枚、ファックスで　２３７－１９０８

へ　送って　いただきたいのですが。」

這份原稿請拷貝2份，還有想傳真到２３７－１９０８好
嗎？

フロント：「はい、かしこまりました。少々　お待ちください。……

お客様　今の　時間ですと　暫く　お待ちに　なること

と存じますが　のちほど　お部屋まで　おとどけいたし

ます。」

39

好的，請稍候。……先生，可能要多等上一些時間，所以
待會兒我們再送到房間給您。

【想買當地特産時】

「当ホテルの　右側に　ある芳富おみやげ店が　ございますの

で、そちらに　お越しになると　お選びいただけると　存じ

ますが。」

本旅館的右側有一家叫芳富的藝品店，您到那裡就可以選到您
所需要的東西。

● 當然其他還有很多狀況

プレイガイド 　　　　　タウンガイド 　　　　　グルメガイド

遊玩指南 　　　　　　　市區指南 　　　　　　　飲食指南

トラベルガイド 　　　　ニュースガイド 　　　　お天気ガイド

旅遊指南 　　　　　　　新聞指南 　　　　　　　氣候指南

● 退房的時候

「お早よございます。ご出発でございますか。」

　早安！您要退房了嗎？

「お客様の　お名前と　ルームナンバーを　お教えいただけますでしょうか。」

　請告知您的大名及房間號碼好嗎？

「田中様、冷蔵庫の　ご使用は　ございませんでしたでしょうか。」

　田中先生，不知道您是否有使用冰箱中的飲料？

「たいへん　お待たせ致しました。一万八千円でございます。」

　對不起！讓您久等了。總計是一萬八千元。

「二万円　おあずかりいたします」

　收您２萬元。

「二万円を　おあずかりいたしましたので　二千円の　お返しでございます。どうぞ　お確めください。」

　收您２萬元，找您２千元，請您點收。

「こちら　レセプト（領収書）でございますので　お納めくだ

さいませ。」

這是收據，請您收下。

「ありがとうございます。また　どうぞ　お越しくださいませ。

お待ち申しあげております。」

我們歡迎您的再度光臨。謝謝！

● 以上是退房時，櫃台會計人員的工作。但是當一個櫃台的會計人員
　　必須注意的事情很多，應具備下列的知識與常識。如：簿記、飲料
　　稅、食宿稅、印花稅、匯率、外幣種類等。還有對於支票、旅行支
　　票、信用卡的種類與作業的了解。以及電腦、收銀機的操作，才不
　　會因不正確的帳單，讓客人在最後一刻產生誤解及不愉快的事件發
　　生。

常用的單字

0	フロント		櫃台
1	キャッシャー		出納員
1	カウンター		櫃台
1	ロビー		大廳
4	インフォメーション		詢問處
1	メール		郵件
2	レセプション		歡迎宴會
3	オペレーター		接線生
1	メッセージ		口信・傳書
5	しゅくはくカード	（宿泊カード）	住宿卡
0	ようし	（用紙）	格式紙
1	キー		鑰匙
2	トリプル		三人房
1	サイン		簽字
3	パスポート		護照
0	あずかりしょう	（預かり証）	保管証
0	もうしこみしょ	（申込書）	申請書
4	よやくがかり	（予約係）	預約員

0	よやくうけつけ	（予約受付）	預約受理處
2	イニシアル		英文的開頭字母
0	プリント		印刷・影印
2	トラベル		旅行
1	ツア		觀光旅行
3	かしきんこ	（貸金庫）	出租金庫
0	りょうがえ	（両替）	兌換錢幣
4	スーツケース		手提旅行用皮箱
0	だいしゃ	（台車）	手推行李車
0	だんたい	（団体）	團體
3	ハネムーン		蜜月旅行
	ルーミング		房間調度
	コンベンション		集會
	コンプレイン		抱怨
3	コンパクト		小型的
2	デラックス		豪華
1	マネージャー		經理
0	きちょうひん	（貴重品）	貴重的物品
1	りょうきん	（料金）	費用
5	かんないでんわ	（館内電話）	内線電話

5	こくさいでんわ	（国際電話）	國際電話
1	ランチ		午餐
1	ディナー		晚餐
6	モーニングコール		晨呼電話
1	タクシー		計程車
6	クレジットカード		信用卡

【常用的句子】

1. いらっしゃいませ。

2. お名前を　お願い致します。

3. ご予約でいらっしゃいますか。

4. 何泊の　予定ですか。

5. パスポートを　お願い致します。

6. 少々　お待ち下さい。

7. レジストレーションカードの　記入を　お願いいたします。

8. お客様　502号室の　お部屋でございます。

9. ただいま　ベルが　参りますので、少々　お待ち下さいませ。

10. お支払いは　どのように　なさいますか。

11. いらっしゃいませ。田中様　お疲れさまでございました。

12. 田中様　先ほどから　お待ち申しあげておりました。

13. どうぞ　ごゆっくりと　ご滞在くださいませ。

14. まことに　お恐れ入りますが、いつ頃　ご予約を　いただきましたでしょうか。

15. たいへん失礼でございますが　ご予約は　承っておりません。

【常用的句子】

1. 歡迎光臨。

2. 請教您的尊姓大名。

3. 要預訂房間嗎？

4. 預訂住宿幾夜呢？

5. 可以看一下您的護照嗎？

6. 請稍等一會兒。

7. 請填寫住宿卡。

8. 先生，您的房間是５０２室。

9. 服務生會來為您帶路，請稍等一會兒。

10. 請問是用什麼方式付款呢？

11. 歡迎光臨。田中先生、辛苦了。

12. 田中先生，我們早就等著您的光臨了。

13. 祝您在這段期間，輕鬆愉快。

14. 真抱歉，您是在什麼時候訂房的呢？

15. 非常對不起，沒有您的訂房資料。

会話練習 I
【チェックイン】

フロント：いらっしゃいませ。ご予約は　承っておりますでしょうか。

　　客：二週間前に　電話で　予約を　しました。

フロント：さようでございますが、少々　お待ちくださいませ。……
　　　　　お待たせいたしました。お客様は　たしかに　ご予約を
　　　　　承っております。レジストレーションカードの　記入を
　　　　　お願い致します。

　　客：書き方は　どのように　しますか。

フロント：こちらの　用紙に　お名前、パスポートナンバー、ご住所、
　　　　　お電話番号を　お書き下さいませ。

　　客：はい、これで　いいでしょうか。

フロント：ありがとうございます。お客様　シングルルーム　2泊で
　　　　　よろしいでしょうか。

　　客：はい、そうです。

フロント：お客様　５０２号室の　お部屋でございます。ただいま
　　　　　ベルが　参りますので　少々　お待ち下さいませ。………

ベルマンに：お客様を　５０２号室へ　ご案内下さい。

會話練習 I
【住宿登記】

櫃台：歡迎光臨！請問有預先訂房嗎？

客人：2個星期前，有用電話預約了。

櫃台：好的。請稍等一會兒。……

先生，讓您久等了。我們確實有您的訂房資料。請您填寫旅客住

宿卡。

客人：要寫些什麼呢？

櫃台：請在這張紙上，寫上您的姓名、護照號碼、地址、和電話號碼。

客人：好了。這樣子可以嗎？

櫃台：謝謝您。先生，您訂的是單人房，要住2個晚上是嗎？

客人：是的。

櫃台：先生，您的房間號碼是５０２室。請稍微等候一下，服務員馬上

來為您帶路。

櫃台人員對服務員說：請帶領這位客人至５０２號房。

会話練習Ⅱ
【チェックイン】

フロント：いらっしゃいませ、田中様。いつも　ご利用頂きまして
　　　　　誠に　ありがとうございます。いつもの　お部屋を　お取
　　　　　りしておきましたので　少々　お待ちください。

　田中：ありがとうございます。

フロント：では　こちらの　用紙に　お名前、ご住所、お電話番号を
　　　　　お書き下さいませ。

　田中：わかりました。

フロント：シングルルーム　二泊で　ご予約を　頂いておりますので、
　　　　　これで　よろしいでしょうか。

　田中：はい、二泊で　結構です。

フロント：お支払いは　どのように　なさいますか。

　田中：クレジットカードで　お願いします。

フロント：カードを　プリントさせて頂けますか。……
　　　　　どうも　ありがとうございました。田中様の　お部屋は
　　　　　5階の　502号室でございます。
　　　　　ベルマンが　ご案内いたしますので　少々　お待ちくださ
　　　　　い。どうぞ　ごゆっくりと　ご滞在下さいませ。

會話練習II
【住宿登記】

櫃台：歡迎光臨！田中先生。由衷的感激您經常惠顧本店。我們還是安

排您常住的那間房間給您，請稍待一會兒。

田中：謝謝！

櫃台：那麼，請在這上面填寫您的姓名、地址、電話號碼。

田中：好的。

櫃台：請問您訂的是單人房，住２個晚上嗎？

田中：是的，住２個晚上。

櫃台：請問您是用什麼方式付款呢。

田中：我用信用卡。

櫃台：謝謝您！請先讓我們刷卡。……

田中先生，您的房間號碼是５樓的５０２室。請稍待一會兒！服

務員馬上來為您帶路。祝您在這段期間輕鬆愉快！

会話練習Ⅲ
【部屋の予約】

田中：宿泊の　予約を　したいですが。

予約：はい、宿泊の　ご予約で　ございますね。ありがとうございます。日程は　いつごろでございますか。

田中：8月の15日を　予定しているのですが。

予約：8月の15日でございますね、少々　お待ちくださいませ。お客様　8月15日の　お部屋は　空いております。

田中：一人ですので　シングルルームが　いいのですが。

予約：はい、ございます。ルームチャージは　三千元でございます。

田中：それでいいです。

予約：では、お取りいたしておきます。お支払い方法は　ご本人の　お支払いで　よろしいでしょうか。それとも　会社払いに　なさいますか。

田中：本人の　支払いに　してください。

予約：はい、かしこまりました。それでは　恐れ入りますが　お名前と住所と　電話番号を　頂けますでしょうか。

田中：田中明ですが　電話番号は　04－238－9063、住所は台中市北屯区青島路25號

予約：はい、ありがとうございます。田中明様、台中市北屯区青島路

２５號　お電話が　０４−２３８−９０６３でございますね、

　　　当日は　ホテルへ　何時頃　お入りになりますか。

田中：夕方　五時頃かと　思います。

予約：何泊の　ご予定ですか。

田中：出発は　１７日ですから、二泊に　して下さい。

予約：それでは　念のため、もう一度　復唱させていただきます。

　　　８月１５日　金曜日、田中明様の　一人に　シングルルームの

　　　部屋を　ご用意させていただきます。当ホテルへの　ご到着は

　　　夕方　五時頃で、ご出発は　８月１７日の　朝で　よろしゅう

　　　ございますか。

田中：ええ、１７日の　朝は　８時頃　出ようと　思います。

予約：はい、かしこまりました。８月１５日には　お一人様を　お待

　　　ち申しあげております。私は　予約係の　張鈴子です。

　　　何か　ございましたら　７６５−４３２１の　予約係に　お電

　　　話を　くださいませ。どうも　ありがとうございました。

會話練習Ⅲ
【房間的預約】

　　田中：我想預約房間………

訂房組：要住宿預約嗎？好的。謝謝您！日期是什麼時候呢？

　　田中：在８月１５日。

訂房組：８月１５日嗎？請稍待一下。……

　　　　　先生，８月１５日我們還有空的房間。

　　田中：因爲只有我一個人，所以單人床的房間就好了。

訂房組：有的。一個晚上３千元的合適嗎？

　　田中：就這個價錢的好了。

訂房組：那我們就爲您訂下了。請問結帳的時候，是由您本人付款，或

　　　　　是由公司替您支付呢？

　　田中：由我本人來付。

訂房組：是的，那我們知道了。還有…真抱歉！可以請教您的尊姓大名、

　　　　　地址、和電話號碼嗎？

　　田中：我叫田中明。電話號碼２３８－９０６３、地址是台中市北屯

　　　　　區青島路２５號。

訂房組：好的，謝謝您！您是田中明先生、住在台中市北屯區青島路

　　　　　２５號，電話號碼２３８－９０６３。

　　　　　請問您當天什麼時候會到呢？

田中：我想大概是傍晚５點鐘左右吧。

訂房組：請問預定住幾晚呢？

田中：出發的時間是１７日，請預定２晚。

訂房組：那麼，爲了慎重起見，讓我再重述一遍。

　　　　８月１５日星期五、田中明先生、訂一間單人房。到達本店的

　　　　時間是傍晚５點鐘左右，您退房的時間是８月１７日早上嗎？

田中：是的，我想在８月１７日早上８點左右退房。

訂房組：好的，我明白了。那麼８月１５日我們就等候您的光臨了。

　　　　我是訂房組的張鈴子。如果有什麼問題的話，請撥訂房組電話

　　　　７６５－４３２１。謝謝您！

会話練習IV
【部屋の予約をしてない時】

フロント：いらっしゃいませ。ご宿泊でいらっしゃいますね。

　　客：はい。

フロント：ご予約を　いただいて　おりますでしょうか。

　　客：してないけど、ツインルームが　ありますか。

フロント：誠に申しわけありません。本日は　殆ど　満室でございますが、ダブルの　お部屋でよろしければ　ご用意できますが　いかがなさいますか。

　　客：そうですか、じゃ　結構です。

フロント：さようでございますか。どうも　あいにくでございます。失礼致しました。また　どうぞ　お待ち申しあげております。

56

會話練習Ⅳ
【沒有預約房間時】

櫃台：歡迎光臨！請問是要住宿嗎？

客人：是的。

櫃台：請問是否有預約房間呢？

客人：沒有預約，還有雙床的雙人房嗎？

櫃台：非常抱歉！雙床的都客滿了。有單床的，不知您意思如何？

客人：……那不用了。

櫃台：對不起！歡迎您下次再度光臨。

会話練習V
【チェクアウト】

フロント：お早うございます。ご出発でございますか。

　　客：チェクアウトは　こちらで　よろしいですか。

フロント：はい、そうですね。お客様の　お名前と　ルームナンバー

　　　　　を　お教えいただけますか。

　　客：５０２号室の　田中です。（キーを　渡す）

フロント：５０２号室の　田中様でございますね、冷蔵庫の　ご使用

　　　　　は　ございませんでしたでしょうか。

　　客：いや、何も　使いませんでした。

フロント：かしこまりました。……たいへん　お待たせいたしました。

　　　　　七千五百元でございます。（ビルを　渡す）

　　客：八千元でお願いいたします。

フロント：八千元を　おあずかりいたしましたので　五百元のお返し

　　　　　でございます。どうぞ　お確めください。こちら　レセプ

　　　　　ト（領収書）でございますので　お納めくださいませ。

　　客：どうも　ありがとうごさいます。

フロント：またどうぞ　お越しくださいませ。お待ち申しあげており

　　　　　ます。

會話練習 V
【退房】

櫃台：早安！要退房了是嗎？

客人：在這裡結帳是吧。

櫃台：是的。先生，可以告訴我您的大名及房間號碼嗎？

客人：５０２的田中。（將鑰匙遞給櫃台）

櫃台：５０２的田中先生。請問您有飲用冰箱中的飲料嗎？

客人：不！我什麼也沒用。

櫃台：好的。……　抱歉！讓您久等了。總共是七千五百元整。

客人：這裡是八千元。

櫃台：收您八千元，找您五百元，請點收。這是收據，請您收下。

客人：謝謝了。

櫃台：歡迎您再度光臨！謝謝。

第四課　　　　オペレーター

總機：負責轉接館內的電話，或將外面打進來的電話轉接至各部門及客人的房間，並替客人撥打國際電話，或傳送留言等。

3	オペレーター		總機
1	しない	（市内）	市内
1	しがい	（市外）	市外
5	こくさいでんわ	（国際電話）	國際電話
4	しめいつうわ	（指名通話）	指名電話
6	パーソナルコール		指名電話
5	コレクトコール		對方付費電話
4	つうわりょうきん	（通話料金）	通話費
0	ふつう	（不通）	不通
0	ないせん	（内線）	内線
0	がいせん	（外線）	外線
1	こむ	（込む）	佔線
4	かけなおす	（掛け直す）	重撥
0	かいせん	（回線）	線路

常用的單字

0 せんぽう　　（先方）　　　　　　　　　　對方

【常用的句子】

1. ホテルナショナルでございます。

2. ご予約でございますか。

3. 只今　予約係に　お繋ぎ致します。少し　お待ち下さいませ。

4. 飲食部でございますか。かしこまりました、少々　お待ち下さ

   いませ。

5. お待たせ致しました。只今　お繋ぎ致しました。どうぞ　お話

   下さいませ。

6. 恐れ入りますが、どちら様でいらっしゃいますか。

7. お宿泊の　お客様でございますか。

8. 東京の　田中博様からの　お電話でございます。

9. そのままで　お待ち下さい。

【常用的句子】

1．國際飯店，您好。

2．請問是要預約房間嗎？

3．爲您轉接到訂房部，請稍候一下。

4．飲食部嗎？好的。請稍候。

5．讓您久等了，已經接通了，請說話。

6．對不起，請問您是那位？

7．是住宿的客人嗎？

8．東京的田中博先生來的電話。

9．請稍候。

会話練習 I
【外部からの電話】

オペレーター：グランドハイアットホテルでございます。

　　　　客：ゆうべ　日本からの　田中さんを　お願いします。

オペレーター：ゆうべ　チェックインなされました田中様でございま

　　　　　　　すね。

　　　　客：そうです。

オペレーター：かしこまりました。只今　お繋ぎしますので　少々

　　　　　　　お待ち下さいませ。

～～～＊田中様の部屋に＊～～～

オペレーター：こちらは　オペレーターでございます。只今　お客様

　　　　　　　への　お電話が　入っております。そのままで　お待

　　　　　　　ち下さい。

　　　　田中：はい、わかりました。

オペレーター：大変　お待たせ致しました。只今　お繋ぎ致しました。

　　　　　　　どうぞお話し下さいませ。

　　　　客：はい、ありがとうございます。

會話練習 I
【外線電話】

總機：凱悦大飯店，您好。

客人：請接昨天從日本來的田中先生。

總機：昨天住進來的田中先生嗎？

客人：是的。

總機：好的。我爲您轉接，請稍候。

～～～＊田中先生的房間＊～～～

總機：這裏是總機，有您的電話進來。請稍待。

田中：好的。

總機：讓您久等了，已經爲您接通了，請通話。

客人：好的，謝謝。

会話練習Ⅱ
【宿泊のお客様が外出中の時】

オペレータ：おはようございます。グランドハイアットホテルでござ

います。

客：２００１号室の田中（たなか）さんを　お願（ねが）いします。

オペレータ：かしこまりました。少々（しょうしょう）　お待（ま）ちくださいませ。

お待（ま）たせ致（いた）しました。只今（ただいま）　田中様（たなかさま）は　お出（で）になりませ

んが……

客：そうですか、ではメッセージを　お願（ねが）いできますか。

オペレータ：はい。只今（ただいま）　フロントに　お繋（つな）ぎ致（いた）しますので　そのま

まで　お待（ま）ち下さい。

會話練習Ⅱ
【住宿的客人外出時】

總機：凱悅大飯店，您好。

客人：請接２００１室的田中先生。

總機：好的，請稍候。對不起，田中先生的房間沒有人接聽電話。

客人：這個……那麼可以留話嗎？

總機：好的，我為您轉接櫃台，請稍候。

会話練習Ⅲ
【国際電話を掛ける時】

宿泊客：もしもし、すみませんが、大阪へ　国際電話を　掛けた
　　　　いんですが　いいですか。

オペレータ：はい、結構です。どうぞ　大阪の　電話番号を　お願い
　　　　致します。

宿泊客：０６－５３４－２２１１です。

オペレータ：かしこまりました。先方の　お名前は。

宿泊客：田中理恵です。

オペレータ：かしこまりました。お支払いは　どのようになさいます
　　　　か。

宿泊客：コレクトコールに　してください。

オペレータ：かしこまりました。お客様の　お名前と　お部屋番号を
　　　　お願い致します。

宿泊客：２００１号室の　田中です。

オペレータ：２００１号室の　田中様でございますね。

宿泊客：はい。

オペレータ：かしこまりました。先方が出ましたら　お呼び出し致し
　　　　ますので　一度　電話を　おきりになって　少し　お待
　　　　ちくださいませ。

宿泊客：では　よろしく　お願いします。

オペレータ：かしこまりました。

〜〜〜＊〜〜〜　　　　　〜〜〜＊〜〜〜　　　　　〜〜〜＊〜〜〜

オペレータ：大変　お待たせ致しました。大阪５３４−２２１１が

　　　　　　お出になりましたので　どうぞ　お話くださいませ。

宿泊客：どうもありがとう。

會話練習Ⅲ
【撥打國際電話時】

住宿客：對不起，我想打大阪的國際電話，可以嗎？

　總機：可以的，請告知大阪的電話番号。

住宿客：０６－５３４－２２１１。

　總機：好的，請問對方的姓名。

住宿客：田中理惠。

　總機：好的，請問付款的方式呢？

住宿客：我要對方付款。

　總機：好的，請問您的大名和房間號碼。

住宿客：２００１室，田中。

　總機：２００１室的田中先生。

住宿客：是的。

　總機：好的，請您先掛斷，等接通對方以後再爲您轉接。

住宿客：拜託您了。

　總機：不客氣。

~~~*~~~　　　　　　~~~*~~~　　　　　　~~~*~~~

　總機：對不起，讓您久等了。大阪的電話已經接通了，請講話。

住宿客：謝謝。

第五課　　ハウスキーピング

房務管理部：主要任務是維持及管理住宿客人的房間。其工作內容是客房的清掃、修繕、整理等。除此之外還有家具、備用品的管理及補給。更換毛巾、被套、床單、收集換洗衣物、茶水的補給，以及其他相關性的服務等。提供客人清潔、舒適、安全的住宿服務。

部門組織：房務部主任（ハウスキーパー）是房務管理部的主要負責人。轄下有房務副主任（アシスタント・ハウスキーパー）、樓層房務部主任（フロア・ハウスキーパー）、客房服務員（ルームボーイ）、客房清掃員（ルームメード）、臨時雜務工（パートタイマー）、被巾管理員（リネン係）、房務服務員（ハウス係）、洗衣員（ランドリ係）等。

當客人發現下列的狀況時，會要求改善或補給

● 電視影幕不良時

「２０１号室ですが　テレビの　画面が　ザーザーと　雨模様
となっているんですよ。どうやって調節したらいいか　わか
らないんですが……」

這裏是２０１室，電視畫面影像重疊看不清礎，不知道要怎麼調節……。

● 熱水不熱時

「２０１号室ですが　お風呂の　お湯が　あまり熱くないんだ
けど　何とかしてもらえませんか。」

這裏是２０１室，洗澡水怎麼不熱呢？可以想想辦法嗎？

● 冷氣的温度調節不良時

「２０１号室ですが　部屋の　冷房が　あまり効かなくて　暑
くて眠れないんです。すぐ　見てもらえませんか。」

這裏是２０１室，冷氣好像没有效果，熱得睡不著。可以過來
看一下嗎。

● 隣室噪音太大時

「２０１号室ですが　隣の部屋の音が　うるさくて　眠れない
ですよ。ちょっと　やめさせて　もらえませんか。（静かに
してもらえませんか）

這裏是２０１室，隔壁房間的聲音太大了。吵得不能睡覺，可
以請他們安静一點嗎？

● 没有茶包時

「２０１号室ですが　お茶を　入れるところ　ティーパックが
置いてないので　すぐ　持って来ていただけませんか。」

這裏是２０１室，想泡茶了才發現没有茶包。可以馬上拿來給
我嗎？

常用的單字

4	ハウスキーピング		房務管理部
4	ハウスキーパー		房務部主任
4	ルームメード		客房清掃員
1	リネン		被巾
1	ランドリ		洗衣
1	めいわく	（迷惑）	麻煩
0	ちょうせつ	（調節）	調節
0	きく	（効く）	有效
0	うかがう	（伺う）	拜訪
1	なんとか	（何とか）	設法
0	ねむれる	（眠れる）	能睡
0	となり	（隣）	隔壁
0	へや	（部屋）	房間
3	とどける	（届ける）	送達
2	もらう		請求・領受
1	しずか	（静か）	安靜
3	うるさい		吵鬧・喧嘩

【常用的句子】

1. 申し訳ございません。すぐ　お伺い致します。

2. 申し訳ございません。すぐ　ハウス係を　伺わせます。

3. 只今　原因を　調べておりますので　もう少し　お待ち下さい。

4. 申し訳ございません。すぐ　静かに　してもらいます。

5. ご迷惑を　おかけして　申し訳ございません。

6. 恐れ入りますが　ハウス係でございます。

7. 只今　お客様が　欲しい物を　お届けにまいりました。

8. よろしく　お願い致します。どうぞ　ごゆっくり　おやすみな

さいませ。

【常用的句子】

1. 很抱歉，馬上過去。

2. 很抱歉，服務員馬上過去。

3. 原因正在調查之中，請稍等一下。

4. 很抱歉，馬上請他們安靜。

5. 給您添麻煩，真對不起。

6. 對不起，我是服務員。

7. 把您所需要的東西送過來了。

8. 請好好休息，晚安。

二 飲食サービス管理篇

第六課　　接客サービスの基本

本篇除了介紹餐飲服務員應有的會話之外，並介紹餐飲服務員應有的禮儀、裝扮、態度、料理的説明及如何應對客人的抱怨等。

一、服務的精神

● **餐飲店的三大要素**

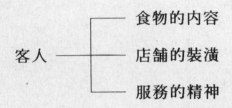

客人　───┬─── 食物的内容

　　　　　├─── 店舗的裝潢

　　　　　└─── 服務的精神

再怎麼好吃的料理、豪華的裝潢，若沒有好的服務品質也是枉然。所以待客服務的基本精神是：使任何客人皆能得到滿意和喜悦。本著顧客至上的精神，下列幾點是必須遵守的。

* 服務員的動作、態度、言語等都是誠懇的由内心發出。以親切、愉快的心情去接待客人。

* 隨時注意客人的反應，主動給予服務。

* 以客人的立場去觀察了解。

* 給予公平的服務。

二、裝　扮

●服裝（女性）
良好的裝扮

●頭髮要梳理整齊

●自然的淡粧

●不要配戴太繁雜的飾物

●制服及圍裙須保持清潔

●手要清潔
（指甲油不要塗太紅，
可塗淡淡的顏色）

●便於工作，不要穿太高跟的鞋子

●服裝（女性）
　不良的裝扮

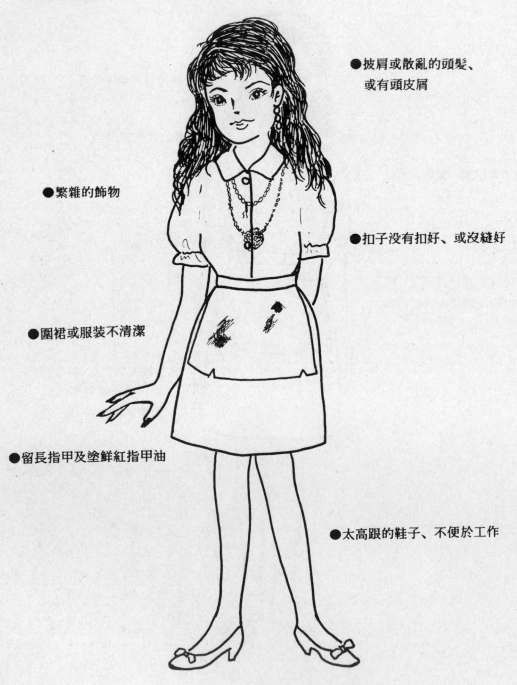

●披肩或散亂的頭髮、
　或有頭皮屑

●繁雜的飾物

●扣子沒有扣好、或沒縫好

●圍裙或服裝不清潔

●留長指甲及塗鮮紅指甲油

●太高跟的鞋子、不便於工作

78

●服裝（男性）
　良好的裝扮

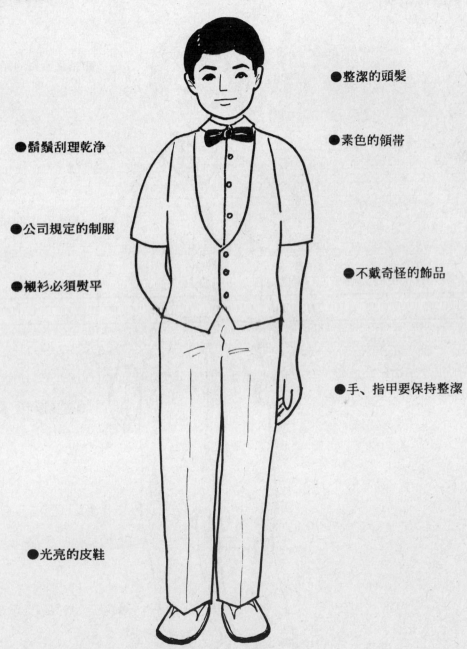

●整潔的頭髮

●素色的領帶

●鬍鬚刮理乾淨

●公司規定的制服

●襯衫必須熨平

●不戴奇怪的飾品

●手、指甲要保持整潔

●光亮的皮鞋

●服裝（男性）
　不良的裝扮

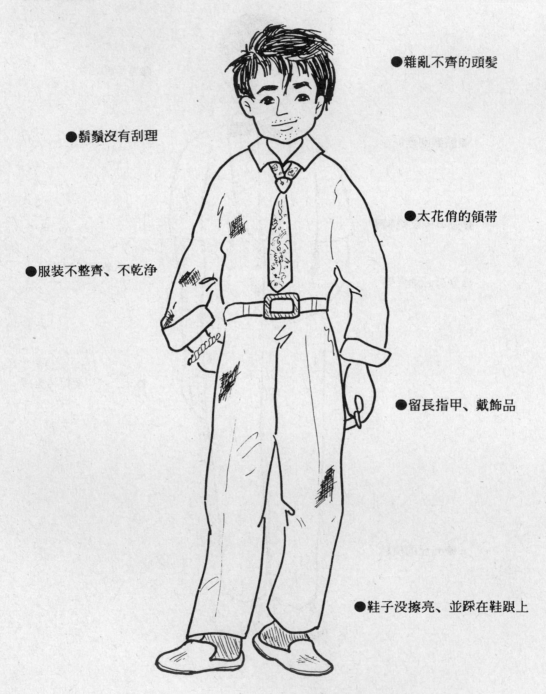

●雜亂不齊的頭髮

●鬍鬚沒有刮理

●太花俏的領带

●服裝不整齊、不乾淨

●留長指甲、戴飾品

●鞋子沒擦亮、並踩在鞋跟上

三、基本姿勢

● **態度、動作**

　為了要讓客人留下良好的印象，服務員除了整潔、清爽的外表、動作勤快，態度親切也是極重要的。所以要注意，不可有以下幾點動作。

　　(1)　靠著牆或柱子站立。

　　(2)　手放在口袋內。

　　(3)　打呵欠。

　　(4)　雙手交叉於胸前。

　　(5)　搔頭髮（女性服務員較容易有此動作）

　　(6)　批評或嘲笑某個客人。

　　(7)　服務員一夥圍著談天說笑。

　　(8)　長時間使用私人電話。

　　(9)　不在乎客人的反應，獨自看報紙或雜誌。

● **笑容**

　自然、親切的笑容，使客人有賓至如歸的感覺。剛開始可利用鏡子練習看看，那一種眼神、表情最自然、親切。

● **敬禮**

　迎接、送客、道歉、每一種場合都有不同的敬禮方式，並不是低下頭或彎下腰的動作而已。必須由內心發出感謝的敬意。

●歩き方

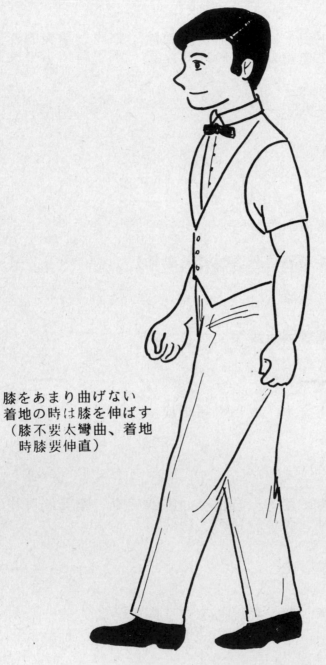

背筋を伸ばす
（背伸直）

手は自然にふる
（手自然的擺動）

膝をあまり曲げない
着地の時は膝を伸ばす
（膝不要太彎曲、着地
　時膝要伸直）

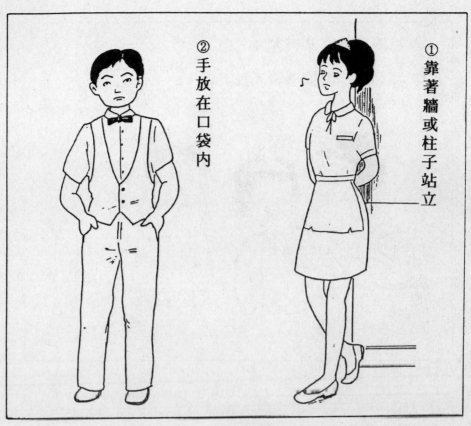

83

⑥ 批評或嘲笑某個客人

⑦ 服務員一夥圍著談天說笑。

⑧ 長時間使用私人電話

★敬禮可分為下列幾種

(1)　普通禮：最平常的行禮。上身彎下１５度左右，用於迎接客人。

　　☆　いらっしゃいませ。

　　☆　少々　お待ちくださいませ。

　　☆　お待たせいたしました。

　　☆　失礼いたします。

(2)　中禮：３０度禮。用於送客人的時候。

　　☆　ありがとうございます。

(3)　最敬禮：４５度禮。表達最高的敬意。用於道歉的時候。

　　☆　申しわけございません。

第七課　　基本の接客用語

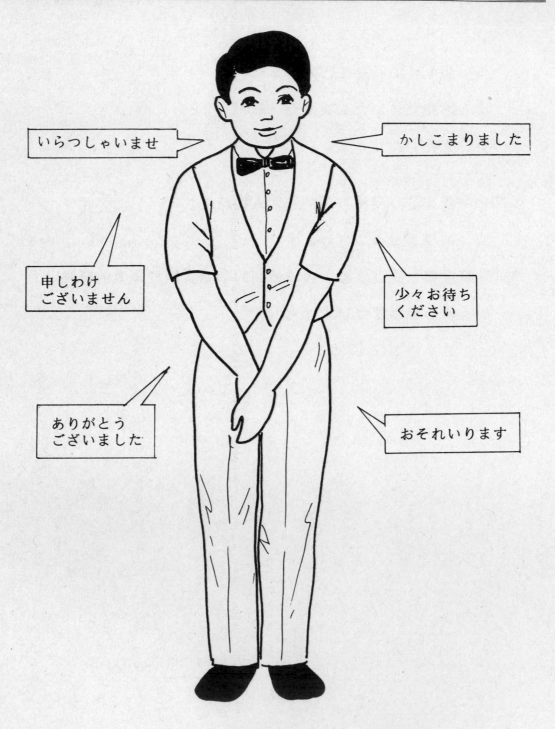

86

迎接客人時要用「いらっしゃいませ」　來招呼。客人點完菜之後要說　「かしこまりました」。像這種常用的言語，是服務員與客人溝通時所必須用到的。所以在平常就要不斷的練習，以便能很自然的表達出來。說話時須注意下列幾個重點。

① 　説話時要看著客人的眼睛。

② 　嘴巴要張開説，不要像嘴裡含著東西一樣，口齒不清。

③ 　要面帶微笑。

④ 　每一句話都須很清楚的説完。

⑤ 　視客人距離的遠近，調適聲音的大小。

【較常用的句子】

① 　いらっしゃいませ。　　　　　　　　　歡迎光臨

② 　かしこまりました。　　　　　　　　　是的、遵命

③ 　少々　お待ちくださいませ。　　　　　請稍候

④ 　お待たせいたしました。　　　　　　　讓您久等了

⑤ 　ありがとうございます。　　　　　　　謝謝

⑥ 　申しわけございません。　　　　　　　非常的抱歉

⑦ 　恐れ入ります。　　　　　　　　　　　眞對不起

⑧ 　失礼いたします。　　　　　　　　　　抱歉、打攪了

日本語的敬語，依對象、場合、事物的不同又分爲：尊敬語、謙讓語、禮貌語。

● 尊敬語

對象是長輩、客人、或崇拜的偶像。在敍述其有關之動作或事物時，爲了要表達尊重的敬意所用的敬語。

● 謙讓語

以自已爲立場，在敍述有關周身的事物、動作時所用的謙讓語。

● 禮貌語

以事物爲主。比較美化、有禮貌的話。

〔普通語〕	〔尊敬語〕	〔謙譲語〕
する	なさる・される	いたす・させていただく
いる	おいでになる・いらっしゃる	おります
行（い）く	いらっしゃる	伺（うかが）います・参（まい）ります
來（く）る	おいでになる・お見（み）えになる・いらっしゃる	参（まい）る
着（つ）く	お着（つ）きになる	伺（うかが）う
入（い）れる	お入（い）れになる	お入（い）れする
言（い）う	おっしゃる・言（い）われる	申（もう）し上（あ）げる
食（た）べる	召（め）し上（あ）がる	いただく
持（も）つ	お持（も）ちになる	お持（も）ちする
見（み）る	ご覧（らん）になる	拝見（はいけん）する
聞（き）く	お聞（き）きになる	伺（うかが）う・お聞（き）きする
会（あ）う	お会（あ）いになる	お目（め）にかかる
やる	くださる	あげる
知（し）っている	ご存（ぞん）じのとおり	存（ぞん）じております

89

人或事物的稱呼

〔普通の表現〕	〔敬語〕
わたし	わたくし
わたしたち	わたくしども
あなた	あなた様<ruby>様<rt>さま</rt></ruby>
あなたたち	お客様　皆様　お客様方
男の人	男の方
女の人	女の方
Ａ社の人	Ａ社の方
同伴者	お連れの方　お連れ様
誰	どちら様　どなた様
夫	ご主人様
妻	奥様
子供	お子様
年配の人	ご年配の方　お年寄りの方
住所	ご住所　おところ
家	おすまい
勤務先	おつとめ先

90

うちの店	当店　　わたくしどもの店
そうです	さようでございます
わかりました	承知いたしました
	かしこまりました
いいですか	よろしゅうございますか
どうですか	いかがでしょうか
え、何ですか	はい、どのようなことでしょうか
どこですか	どちらでしょうか
すみませんが	恐れ入りますが
ちょっと待ってください	少々　お待ちください
わからないんですが	わかりかねますが
頼みます	お願い致します
あとから	のちほど
あります	ございます
ありません	ございません
言っておきます	申し伝えます
	お伝え致します
用件を聞いておきます	ご用件を承っておきます
知っていますか	ご存じでしょうか

来て下さい　　　　　おこし下さい

行きます　　　　　　お伺い致します

　　　　　　　　　　参ります

行きますか　　　　　いらっしゃいますか

　　　　　　　　　　おいでになりますか

見る　　　　　　　　拝見する

見せる　　　　　　　ごらんにいれます

第八課 お客様のお出迎えとご案内

● 發現客人進來時，須微笑的前往打招呼

「いらっしゃいませ。」

歡迎光臨！

● 確認人數

「<ruby>何名様<rt>なんめいさま</rt></ruby>でございますか。」

「<ruby>何名様<rt>なんめいさま</rt></ruby>でいらっしゃいますか。」

請問有幾位呢？

「<ruby>三名様<rt>さんめいさま</rt></ruby>でございますか。」

請問是三位嗎？

● 客人回答人數之後，帶領到座位上

「はい、かしこまりました。<ruby>ご案内<rt>あんない</rt></ruby>いたします。」

是的，請隨我到座位。

「どうぞ　こちらへ。」

請往這邊走。

「こちらの　<ruby>お席<rt>せき</rt></ruby>でよろしいでしょうか。」

93

「どうぞ」

這裡的座位好嗎？請！

● 當客人上座之後，提供茶水和濕巾

「失礼いたします。お茶を　どうぞ。」

打擾了，請用茶。

「失礼いたします。お冰やを　どうぞ。」

打擾了，請用冰水。

● 提出菜單

「メニューでございます。」

「メニューを　どうぞ。」

這是菜單，請。

● 當客人閱覽菜單時

「お決まりに　なりましたら、お呼びください。」

請決定了之後再呼叫我們。

「のちほど　お伺いに　まいります。ごゆっくり　お選びくだ

さい。」

請慢慢看，我待會兒再來。

菜單的提供原則上是一人一份，但是團體的客人時，要視當時的情形分給菜單。提供菜單的秩序由主客開始。

* 但是如果帶著小孩的家族

    小孩　－→　太太　－→　先生

* 夫妻、情侶等男女客人

    女性　－→　男性

* 年紀大或老一輩的客人

    男性　－→　女性

座位已滿

「申しわけございません。ただいま、満席でございます。少々

お待ちいただけますか。」

很抱歉！現在位子已滿，能請稍候嗎？

「申しわけございません。ただいま、満席でございます。１０

分程　お待ちいただけますか。」

很抱歉！現在位子已滿，能請您等１０分鐘左右嗎？

● 客人願意等候時

「ありがとうございます。こちらで　おかけになって　お待ち

ください。」

謝謝！請坐在這裡稍候一會兒。

＊登記客人的名字、人數、時間等。待座位整理好之後

「田中さん、たいへん　お待たせいたしました。お席の　準備

が　できましたので　どうぞ　こちらへ。」

田中先生，讓您久等了。座位已準備好了，請隨我來。

● 客人不願意等候時

「まことに　申しわけございません。また　どうぞ　おこし下

さいませ。」

實在很抱歉！歡迎您再度光臨。

```
┌─────────┐
│ 點　 菜 │
└─────────┘
```

● 當客人將菜單看完，把菜單合起之後。或舉手招呼時

「ご注文は　お決まりでございますか。」

請問您要點的東西已經決定了嗎？

「ご注文は　何になさいますか。」

請問要點些什麼呢？

「失礼いたします。お料理の方は　お決まりでいらっしゃいま

すか。」

對不起，請問您要點的料理已經決定了嗎？

● 當客人點完菜之後，須重覆確認一次

「ありがとうございます。A定食が　一つ、B定食が　三つで

ございますね。」

您點的是A套餐1份、B套餐3份。謝謝。

「かしこまりました。」

是的。

「少々　お待ちくださいませ。」

請稍候。

＊當然也可以順便問客人

「お飲み物は　いかがでしょうか。」

請問需要飲料嗎？

＊如果點的餐有附贈飲料，當用完餐之後

「お飲み物は　お持ちいたしましょうか。」

可以上飲料了嗎？

常用的單字

● 餐廳的種類

6	ちゅうかりょうりてん	（中華料理店）	中華料理店
6	にほんりょうりてん	（日本料理店）	日本料理店
7	かんこくりょうりてん	（韓国料理店）	韓國料理店
7	フランスりょうりてん	（フランス料理店）	法國料理店
7	イタリアりょうりてん	（イタリア料理店）	意大利料理店
6	インドりょうりてん	（インド料理店）	印度料理店
1	レストラン		餐廳
3	きっさてん	（喫茶店）	茶藝館
3	カフェテリア		自助式餐廳
6	コーヒーショップ		咖啡廳

● **料理的分類**

(1) **中華料理**

4	しせんりょうり	（四川料理）	四川菜
5	カントンりょうり	（廣東料理）	廣東菜
5	たいわんりょうり	（台湾料理）	台灣菜
	ヤムチャ		飲茶
5	シャンハイりょうり	（上海料理）	上海菜
4	こなんりょうり	（湖南料理）	湖南菜
4	ペキンりょうり	（北京料理）	北京菜

(2) **日本料理**

3	なべりょうり	（鍋料理）	火鍋料理
5	しょうじんりょうり	（精進料理）	素食料理
5	かいせきりょうり	（懐石料理）	懐石料理
4	おせちりょうり		新年料理
5	かいせきりょうり	（会席料理）	宴会料理
3	いそりょうり	（磯料理）	磯料理 （海邊料理）

(3) **西洋料理**

5	フランスりょうり	（フランス料理）	法國菜
5	イタリアりょうり	（イタリア料理）	意大利菜

4	ドイツりょうり	（ドイツ料理）	徳國菜

(4) 料理的作法

3	いため	（炒め）	炒
0	あげ	（揚げ）	炸
0	にる	（煮る）	煮・燉・熬
0	やく	（焼く）	烤
0	むし	（蒸し）	蒸
1	なま	（生さしみ・サラダ）	生的東西

(5) 味道

0	おいしい	（美味しい）	美味的
2	うまい	（旨い）	好吃的
1	ちんみ	（珍味）	珍味
0	あまくち	（甘口）	帶甜味的
2	にがみ	（苦味）	苦味
2	しぶみ	（渋み）	澀
4	なまくさい	（生臭い）	腥臭味
0	いしゅう	（異臭）	怪味
0	あくしゅう	（悪臭）	惡臭
0	かおり	（香り）	香味

3	だいごみ	（醍醐味）	牛乳、羊乳等作成的 濃甜食品般的滋味
0	しんせん	（新鮮）	新鮮
0	あまい	（甘い）	甜的
4	しおからい	（塩辛い）	鹹的
	しょっぱい		鹹的
2	からい	（辛い）	辣的
3	すっぱい	（酸っぱい）	酸的
2	まずい		難吃的
1	こい	（濃い）	濃的
0	うすい	（薄い）	淡的
3	あぶらっこい	（油濃い）	油膩的
	さっぱりする		爽口的
	あっさりする		清淡的

(6) 調味料

2	さとう	（砂糖）	糖
2	しお	（塩）	塩
1	す	（酢）	醋
0	しょうゆ	（醤油）	醤油
0	あぶら	（油）	油

2	こしょう	（胡椒）	胡椒
3	ごまあぶら	（胡麻油）	胡麻油
1	みそ	（味噌）	味噌
0	ごま		芝麻
3	あじのもと	（味の素）	味精
5	トマトケチャップ		蕃茄醬
2	ドレッシング		沙拉醬的一種
1	バター		奶油
1	ジャム		果醬
1	チーズ		乳酪

(7) 餐具

1	はし	（箸）	筷子
0	ちゃわん	（茶碗）	飯碗
0	おおざら	（大皿）	大盤
1	こざら	（小皿）	小盤子
2	さじ	（匙）	湯匙
1	なべ	（鍋）	鍋
4	ゆのみちゃわん	（湯呑み茶碗）	湯碗
0	とくり	（徳利）	酒壺
4	さかずき	（盃）	酒杯

2 スプーン 湯匙

1 ナイフ 餐刀

1 フォーク 叉子

1 ナプキン 餐巾

6 テーブルクロース 桌巾

4 シュガーポット 糖罐

4 ミルクポット 奶精盂

5 コーヒーカップ 咖啡杯

0 コップ 杯子

3 ティーカップ 茶杯

1 グラス 玻璃杯

4 ワイングラス 葡萄酒杯

6 ブランデーグラス 白蘭地酒杯

4 アイスポット 冰桶

(8) 食物

* 肉

0 ぎゅうにく （牛肉） 牛肉

0 ぶたにく （豚肉） 豬肉

0 とりにく （鳥肉） 鶏肉

103

1	ハム		火腿
3	ソーセージ		臘腸

* 海鮮

0	さかな	（魚）	魚
0	まぐろ	（鮪）	鮪魚
1	たい	（鯛）	眞鯛・加級魚
0	さんま	（秋刀魚）	秋刀魚
1	さけ	（鮭）	鮭魚
0	えび	（海老）	蝦
0	かに	（蟹）	蟹
0	いか	（烏賊）	墨魚
1	たこ	（蛸）	章魚
1	かい	（貝）	貝
1	かき	（牡蠣）	牡蠣
0	うなぎ	（鰻）	鰻魚

* 青菜

0	にんじん		紅蘿蔔
0	だいこん	（大根）	蘿蔔
0	たけのこ	（竹の子）	竹筍

3	もやし	（萌やし）	豆芽菜
1	セロリ		西洋芹
0	はくさい	（白菜）	白菜
1	なす	（茄子）	茄子
3	たまねぎ	（玉葱）	洋葱
0	じゃがいも	（じゃが芋）	馬鈴薯
1	ねぎ	（葱）	葱
3	ほうれんそう		菠菜
1	キャベツ		高麗菜
1	レタス		萵苣
1	きゅうり	（胡瓜）	小黄瓜
2	トマト		蕃茄
1	ピーマン		青椒
0	カボチャ		南瓜
1	いんげん	（隠元）	四季豆
1	しいたけ	（椎茸）	香蕈
3	とうがらし	（唐辛子）	辣椒
0	しょうが	（生姜）	薑
0	にんにく	（大蒜）	大蒜
3	とうもろこし	（玉蜀黍）	玉蜀黍

2 ブロッコリー 花椰菜

2 にら （韮） 韮菜

0 ごぼう （牛蒡） 牛蒡

4 アスパラガス 蘆筍

* 水果

2 くだもの （果物） 水果

0 りんご （林檎） 蘋果

1 みかん （蜜柑） 橘子

0 いちご （苺） 草苺

0 すいか （西瓜） 西瓜

1 メロン 香瓜

0 もも （桃） 桃子

2 なし （梨） 梨

1 バナナ 香蕉

3 パイナップル 鳳梨

2 パパイヤ 木瓜

2 かき （柿） 柿子

0 ぶどう （葡萄） 葡萄

6 グレープフルーツ 葡萄柚

106

0	レモン		檸檬
2	グアバ		芭樂
1	れいし		荔枝
1	マンゴー		芒果

＊飲料

0	さけ	（酒）	酒
0	にほんしゅ	（日本酒）	日本酒
1	ビール		啤酒
2	ウィスキー		威士忌
1	ワイン		葡萄酒
2	ブランデー		白蘭地
3	しょうこうしゅ	（紹興酒）	紹興酒
2	かちょうしゅ		花雕酒
0	せいしゅ	（清酒）	清酒
3	なまビール	（生ビール）	生啤酒
3	しろワイン	（白ワイン）	白葡萄酒
3	あかワイン	（赤ワイン）	紅葡萄酒
3	シャンペン		香檳酒
0	みず	（水）	水
3	コーヒー		咖啡

0	こうちゃ	（紅茶）	紅茶
2	ココア		可可
3	ウーロンちゃ	（ウーロン茶）	烏龍茶
1	ミルク		牛奶
1	コーラ		可樂
1	サイダー		汽水
3	ジャスミンチャ		茉莉花茶
5	オレンジジュース		柳橙汁
4	レモンジュース		檸檬汁
4	トマトジュース		蕃茄汁
2	ゆざまし	（湯冷まし）	冷開水
3	ぬるまゆ	（温るま湯）	温開水
2	おひや	（お冷や）	冰水

＊其他

0	しんぶん	（新聞）	新聞
0	ざっし	（雑誌）	雑誌
0	たばこ	（煙草）	香煙
0	はいざら	（灰皿）	煙灰缸
0	ついか	（追加）	追加

【常用的句子】

1. いらっしゃいませ。

2. 何名様（なんめいさま）でございますか。

3. 何名様（なんめいさま）でいらっしゃいますか。

4. はい、かしこまりました、ご案内（あんない）いたします。

5. メニューでございます。

6. ご注文（ちゅうもん）を　お受（う）け致（いた）します。

7. お決（き）まりでいらっしゃいますか。

8. 失礼（しつれい）いたします。お茶（ちゃ）を　どうぞ。

9. 失礼（しつれい）いたします。お冷（ひ）やを　どうぞ。

10. こちらさま　お済（す）みでございますか。

11. こちらさま　お済（す）みでいらっしゃいますか。

12. お下（さ）げ致（いた）します。

13. お下（さ）げさせていただきます。

14. お待（ま）たせ致（いた）しました。

15. ランチセットには　お食事（しょくじ）の後（あと）に　コーヒーか　紅茶（こうちゃ）が　ついてありますが　どちらになさいますか。

16. 恐（おそ）れ入ります、そろそろ閉店（へいてん）させて　いただきますので、他（ほか）に　ご注文（ちゅうもん）の　品（しな）は　ございませんでしょうか。

17. ありがとうございました。

18. コーヒーを　もう少^{すこ}しいかがでございますか。

19. もう　よろしゅうございますか。

20. メニューを　お持^もち致^{いた}します。

21. よろしゅうございますか。

【常用的句子】

1. 歡迎光臨。

2. 請問有幾位？

3. 請問有幾位？

4. 好的，我來帶位。

5. 這是菜單。

6. 請點菜

7. 請問您已決定好要點什麼菜了嗎？

8. 對不起，請用茶。

9. 對不起，請用冰水。

10. 這位先生，用過餐了嗎？

11. 這位先生，用過餐了嗎？

12. 幫您收拾一下。（碗盤、桌子）

13. 幫您收拾一下。（碗盤、桌子）

14. 讓您久等了。

15. 套餐在飯後附贈的飲料有咖啡和紅茶，請問要點那一種。

16. 真不好意思。已接近打烊的時間了，請問還需要點什麼菜嗎？

17. 謝謝。

18. 要再加點咖啡嗎？

19. 這樣子可以了嗎？

20　我去拿菜單。

21.　可以了嗎？

会話練習Ⅰ
【お客様を迎える時】

ウェートレス：いらっしゃいませ。お客様は　何名様でいらっしゃい

　　　　　　　ますか。」

　　　　　客：二人です。

ウェートレス：二名様ですね、ご案内いたします。こちらへ　どうぞ。

ウェートレス：こちらの　お席で　よろしいでしょうか。

　　　　　客：はい、どうも。

ウェートレス：少々　お待ち下さいませ。

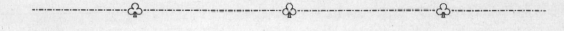

会話練習Ⅰ
【迎接客人的時候】

女服務員：歡迎光臨！請問有幾位呢？

　　客人：２位。

女服務員：２位嗎？請這邊走，我帶領您到座位去。

女服務員：請問這裡的位子好嗎？

　　客人：好的，謝謝。

女服務員：請您稍候一會兒。

会話練習 II
【満席の時】

ウェートレス：いらっしゃいませ。

申しわけございません。ただいま　満席でございます。

少々　お待ちいただけますか。

客：どのぐらい　待ちますか。

ウェートレス：5分ほど　お待ちいただけますか。

客：はい。

ウェートレス：こちらで　おかけになって　お待ち下さい。

～～～＊5分後＊～～～

ウェートレス：お待たせいたしました。こちらへ　どうぞ。

114

會話練習Ⅱ
【客滿時】

女服務員：歡迎光臨！很抱歉。現在座位都滿了，請等一會兒可以嗎？

　　客人：大約要等多久呢？

女服務員：大概要５分鐘左右。

　　客人：好的。

女服務員：請坐在這裡稍待一下。

~~~＊５分鐘後＊~~~

女服務員：讓您久等了。請往這邊走。

会話練習Ⅲ
【満席の時】

ウェートレス：いらっしゃいませ。

　　　　　　申しわけございません。ただいま　満席でございます。

　　　　　　少々　お待ちいただけますか。

　　　　客：ちょっと　時間がないです。

ウェートレス：申しわけございません。またどうぞ　おこしください

　　　　　　ませ。

會話練習Ⅲ
【客滿時】

女服務員：歡迎光臨！很抱歉，現在座位都滿了，能請您稍候一會兒嗎？

　　客人：可是我沒有時間等。

女服務員：非常的抱歉，歡迎您下次再度光臨。

116

会話練習Ⅳ
【注文を受ける時】

ウェートレス：失礼いたします。ご注文は　お決まりでございますか。

　　　　客：あのう、五人セットの料理が　ありますか。

ウェートレス：はい、こちらでございます。

　　　　　　料理が　五品で　スープ、デザート付き　お一人様は

　　　　　　五百元の　コースです。

　　　　客：この　宮賓鶏丁と言うのは　何の　料理ですか。

ウェートレス：それは　とり肉と　ナッツのチリソースの　炒めです。

　　　　客：螞蟻上樹は　何の　料理ですか。

ウェートレス：それは　ひき肉と　春雨の　炒め料理です。さっぱり

　　　　　　して　おいしいですよ。

　　　　客：じゃ　このコースに　しましょう。そして　お酒は

　　　　　　何が　ありますか。

ウェートレス：ビール、紹興酒、花雕酒など　いろいろございます。

　　　　客：まず　紹興酒を　二本下さい。

ウェートレス：はい、かしこまりました。

　　　　　　お一人様　五百元の　コースセットの　料理で、紹興

　　　　　　酒　二本ですね、少々　お待ち下さい。

117

會話練習Ⅳ
【接受點菜時】

女服務員：對不起，請問要點菜了嗎？

客人：請問有沒有五個人的合菜？

女服務員：有的，這個就是。五菜一湯並附有甜點。這是一個人５００
元的套餐。

客人：這個宮寶雞丁，是什麼樣的料理呢？

女服務員：宮寶雞丁，是雞肉加豆瓣醬料一起炒的料理。

客人：螞蟻上樹又是什麼料理呢？

女服務員：那是碎肉和冬粉一起炒的料理。很清爽，很好吃的。

客人：好！那麼就決定這個套餐吧。有什麼酒呢？

女服務員：有啤酒、紹興酒、花雕酒等等……。

客人：先來兩瓶紹興酒好了。

女服務員：好的。您點的是一個人５００元的套餐五人份及二瓶紹興
酒。請您稍候。

● 四川料理

1. 乾燒明蝦　　　　えびのチリソース煮

2. 回鍋肉　　　　　豚肉の薄切りと野菜の辛味噌炒め

3. 麻婆豆腐　　　　豆腐と挽肉のチリソース炒め

4. 宮保鶏丁　　　　鶏肉とナッツのチリソース炒め

5. 蝦仁鍋巴　　　　えび入りおこげ料理

6. 魚香茄子　　　　なすのチリソース炒め

7. 魚香肉絲　　　　肉と野菜の千切り炒め

8. 棒棒鶏　　　　　鶏肉の辛味ごまみそかけ

9. 蠔油芥蘭　　　　カイラン菜のかき油ソース炒め

10. 蒜泥白肉　　　　ゆで豚肉のニンニクソースかけ

11. 乾扁四季豆　　　インゲン豆のカラカラ炒め

12. 乾扁牛肉絲　　　牛肉の細切りのカラカラ炒め

13. 紅燒鮑翅　　　　ふかひれのブラウン・ソース煮

14. 樟茶大鴨　　　　アヒルのくすのきと茶葉の薫製

● 廣東料理

1．潮州魯鵝　　　　　ガチョウの煮込み

2．北菇鮑片　　　　　アワビとシイタケの醤油煮

3．古老肉　　　　　　味の濃い角煮

4．鳳梨古老肉　　　　パイナップルいり酢豚

5．紅燒魯魚　　　　　魚の醤油煮込み

6　鳳梨炒飯　　　　　パイナップル入りチャーハン

7．潮州四併盤　　　　エビ、カニつめ、貝柱、豚肉団子の盛り合わ
　　　　　　　　　　　せ

8　鹽焗中蝦　　　　　近海産エビの炒めもの

9　鴿松　　　　　　　鳩の肉のレタス包み

10．紙包鷄　　　　　　鶏肉の紙包み揚げ

11．酥炸田鷄　　　　　蛙の唐揚げ

12．上湯焗龍蝦　　　　伊勢蝦の蒸し煮

13．炒豆苗　　　　　　えんどうの苗を炒めもの

● 北京料理

1．北平烤鴨　　　　　北京ダック

2．北平燒鷄　　　　　鶏の煮込み

3．京醤肉絲　　　　　鶏くんせい肉の炒めもの

4．醋溜鮮黄魚　　　　いしもちのフライ、甘酢かけ

5．油淋鶏 若鶏の特製ソース付唐揚げ

6．紅燒鮑魚片 干しあわびの煮込み

7．葱爆牛肉 牛肉の長葱入り炒め

8．葱爆羊肉 羊肉の長葱入り炒め

9．金菇炒豆苗 エノキダケとエンドウの炒め

10．鶏絲玉米 鶏細切り肉とトウモロコシ炒め

11．筍炒雙冬 竹の子と椎茸炒め

12．鍋塔豆腐 豆腐の焼き煮

13．烤龍蝦 伊勢蝦のバタ焼

● 湖南料理

1．富貴火腿 中国式ハムの蜂蜜蒸し煮

2．富貴牛腩 牛肉の粘土包み焼

3．三湘豆腐 豆腐の唐辛炒め

4．左宗棠鶏 鶏肉の唐辛炒め

5．麻辣蟹腿 蟹の脚肉の香味炒め

6．哈蜜瓜盅 鳩の挽肉のハミ瓜詰め蒸

7．香瓜元盅 コクのある肉のスープと、メロンの甘い香り
が溶けあった炒め

8．山鶏油鍋 キジの天婦羅

9. 芹菜鮮貝　　　　セロリと貝柱の前菜
<ruby>貝柱<rt>かいばしら</rt></ruby>　<ruby>前菜<rt>ぜんさい</rt></ruby>

10. 拌鮮鮑片　　　　鮑の調味料あえ
<ruby>鮑<rt>あわび</rt></ruby>　<ruby>調味料<rt>ちょうみりょう</rt></ruby>

11. 酥炸響鈴　　　　湯菜包み揚げ

12. 銀紙包鷄　　　　鶏肉に混ませた香菜炒め
<ruby>鶏肉<rt>とりにく</rt></ruby>　<ruby>混<rt>こ</rt></ruby>　<ruby>香菜<rt>こうさい</rt></ruby>

13. 烤酥方　　　　　豚あばら肉のロースト
<ruby>豚<rt>ぶた</rt></ruby>　<ruby>肉<rt>にく</rt></ruby>

14. 干貝烏參絲　　　貝柱とナマコの細切り煮込み
<ruby>貝柱<rt>かいばしら</rt></ruby>　<ruby>細切<rt>ほそぎ</rt></ruby>

● 　江浙（上海）料理

1. 蝦仁爆蛋　　　　蝦玉
<ruby>蝦玉<rt>えびたまご</rt></ruby>

2. 鎮江肴肉　　　　ゼリー固めの薄切り豚肉（前菜）
<ruby>固<rt>かた</rt></ruby>　<ruby>薄切<rt>うすぎ</rt></ruby>　<ruby>豚肉<rt>ぶたにく</rt></ruby>　<ruby>前菜<rt>ぜんさい</rt></ruby>

3. 咸菜蒸河鰻　　　鰻の塩漬け高菜包み蒸し
<ruby>鰻<rt>うなぎ</rt></ruby>　<ruby>塩漬<rt>しおづ</rt></ruby>　<ruby>高菜<rt>たかな</rt></ruby>

4. 糖醋里肌　　　　ロース肉の甘酢ソースかけ
<ruby>甘酢<rt>あます</rt></ruby>

5. 無錫排骨　　　　甘辛煮込みのスペアリブ
<ruby>甘辛<rt>あまから</rt></ruby>

6. 銀芽蛤肉　　　　蛤と豆の若菜炒め
<ruby>蛤<rt>はまぐり</rt></ruby>

7. 雪菜竹筍　　　　グリーンキャベツと竹の子の炒め
<ruby>竹<rt>たけ</rt></ruby>

8. 油爆蝦　　　　　蝦の炒めもの
<ruby>蝦<rt>えび</rt></ruby>　<ruby>炒<rt>いた</rt></ruby>

9. 紹興醉鷄　　　　紹興酒漬け鶏肉
<ruby>紹興酒<rt>しょうこうしゅ</rt></ruby><ruby>漬<rt>づ</rt></ruby>　<ruby>鶏肉<rt>とりにく</rt></ruby>

10. 紅燒下巴　　　　草魚の頭の蒸し物
<ruby>頭<rt>あたま</rt></ruby>

11. 土鷄扒翅　　　　フカヒレとチキンのスープ

12. 煙燻黃魚　　　　黄魚のスモーク

● 台湾料理

1. 魯肉　　　　豚肉の角煮(かくに)

2. 担仔麺　　　タンタン麺(めん)に似(に)た台湾風(たいわんふう)そばの一種

3. 菜埔蛋　　　卵(たまご)と切干大根(だいこん)のオムレツ

4. 花枝丸　　　いか団子(だんご)の揚げもの

5. 蔭鼓蚵　　　かきのモロミ炒め

6. 蚋肉小魚　　シラスとシジミの味噌煮

7. 三杯鶏　　　とりぶつ切(ぎ)り煮込み

8. 葱油鶏　　　とりのあんかけ

9. 花生猪脚　　ピーナッツと豚足(ぶたあし)煮込み

10. 筍絲　　　　メンマ

11. 炒米粉　　　やきビーフン

西洋料理

● 冷菜

1. 生菜沙拉　　　野菜サラダ

2. 蟹肉沙拉　　　かにサラダ

3. 水果沙拉　　　フルーツサラダ

4. 什錦沙拉　　　五目サラダ

5. 馬鈴薯沙拉　　じゃがいもサラダ

6. 黄瓜沙拉　　　きゅうりサラダ

● 前菜

1. 豬肉凍　　　　ポーク・ゼリ

2. 魚凍　　　　　フィッシュ・ゼリ

3. 紅魚子　　　　レッド・キャビア

4. 黒魚子　　　　ブラック・キャビア

5. 肝腸　　　　　レバーソーセージ

6. 泡菜　　　　　ピクルス

7. 燻魚　　　　　燻製（くんせい）の魚

8. 臘腸　　　　　コールド・ソーセージ

9. 五香牛肉　　　スパイス・ビーフ

10. 五香燻牛肉   パーストラーミ

11. 培根   ベーコン

12. 美乃滋魚   魚(さかな)のマヨネーズ添(そ)え

13. 美乃滋大蝦   蝦(えび)のマヨネーズ添(そ)え

14. 冷烤鴨   コールド・ロースト・ダック

15. 冷火腿   コールド・ハム

● 湯

1. 玉米濃湯   コンスープ

2. 海鮮湯   海鮮(かいせん)スープ

3. 法式洋葱湯   オニオンスープ

4. 牛尾湯   オックステール・スープ

5. 法式濃湯   ポタージュ

6. 鮑魚湯   あわびスープ

7. 郷下湯   野菜(やさい)とトマト入りスープ

8. 磨菇湯   きのこスープ

9. 雜燴海鮮湯   ブイヤベース

10. 法國肉湯   ブイヨン

11. 元蛤湯   はまぐりスープ

12. 青豆湯   グリーンピースのスープ

13. 肉湯　　　　　　　肉のスープ

14. 鶏湯　　　　　　　チキン・スープ

● 主菜

1. 烤牛肉　　　　　　ローストビーフ

2. 菲利牛排　　　　　フィレ・ミニヨン・ステーキ

3. 小菲利牛排　　　　プティ・フィレ・ステーキ

4. 沙朗牛排　　　　　サーロイン・ステーキ

5. 丁骨牛排　　　　　Ｔボーン・ステーキ

6. 紐約牛排　　　　　ニューヨーク・ステーキ

7. 烤鶏肉　　　　　　ローストチキン

8. 紅葡萄酒煮
　　鶏肉　　　　　　コック・オ・ウァン

9. 鮭魚排　　　　　　サケのステーキ

10. 鱈魚排　　　　　　たらのステーキ

11. 鐵扒羊排　　　　　マトンの鉄板焼

12. 鐵扒大蝦　　　　　えびの鉄板焼

● デザート（甜點）

　1．ケーキ　　　　　　　　　　　　　　　　　蛋糕

　2．プリン　　　　　　　　　　　　　　　　　布丁

　3．パイ　　　　　　　　　　　　　　　　　　餡餅

　4．マフィン　　　　　　　　　　　　　　　　馬芬

　5．シュークリーム　　　　　　　　　　　　　泡芙

　6．アイスクリーム　　　　　　　　　　　　　冰淇淋

　7．フルーツ・ゼリー　　　　　　　　　　　　水果凍

● 飲み物（飲料）

　1．ブレンドコーヒー　　　　　　　　　　　　綜合咖啡

　2．ホット・コーヒー　　　　　　　　　　　　熱咖啡

　3．アイス・コーヒー　　　　　　　　　　　　冰咖啡

　5．ココア　　　　　　　　　　　　　　　　　可可亞

　6．オレンジ・ジュース　　　　　　　　　　　桔子汁

　7．パイナップル・ジュース　　　　　　　　　鳳梨汁

　8．トマト・ジュース　　　　　　　　　　　　蕃茄汁

　9．コカコーラ　　　　　　　　　　　　　　　可口可樂

10．ペプシ・コーラ　　　　　　　　　　　　　百事可樂

11．サイダー　　　　　　　　　　　　　　　　汽水

日本料理

1.	さしみ	生魚片
2.	野菜<ruby>や<rt></rt></ruby>サラダ	生菜沙拉
3.	えびサラダ	明蝦沙拉
4.	盛り合わせサラダ	綜合沙拉
5.	にぎりずし	生魚壽司
6.	散らしずし	散壽司
7.	巻ずし	紫菜巻壽司
8.	稲荷ずし	豆腐皮壽司
9.	天ぷら盛り合わせ	綜合天婦羅
10.	鮎の塩焼	烤香魚
11.	えびの塩焼	烤蝦
12.	みそ焼	烤味噌魚
13.	はまぐりの塩焼	烤蛤蠣
14.	蒲焼	烤鰻魚片
15.	のりすい	紫菜湯
16.	味噌汁	味噌湯
17.	赤だし	紅味噌湯
18.	土瓶蒸し	茶壺湯

19.	茶碗蒸し	蒸蛋
20.	かに酢	醋蟹
21.	かき酢	醋牡蠣
22.	若芽酢	醋海帶芽
23.	蛸酢	醋章魚
24.	すきやき	日式火鍋
25.	寄せ鍋	海鮮火鍋
26.	鍋焼うどん	鍋燒麵
27.	焼うどん	炒烏龍麵
28.	月見うどん	鷄蛋麵
29.	天ぷらうどん	炸蝦麵
30.	うな重	鰻魚飯
31.	親子どんぶり	鷄肉飯
32.	天丼	炸蝦飯
33.	勝丼	豚肉飯
34.	玉子どんぶり	鷄蛋飯
35.	刺身定食	生魚片定食
36.	天ぷら定食	炸蝦定食
37.	お茶漬け	茶泡飯

第九課　　予約の応対

　　隨著社會的進步，電話已成為做生意的必備工具。尤其是服務業更必須把握住每一通電話的預約，打電話來的，有可能是認識的常客，也可能是從未謀面過的客人。

　　由於電話中看不到對方的表情和周圍的狀況，所以當一個接待者在電話服務時，必須注意說話的內容及語調，站在公司的立場來答覆客戶的問題。以下幾點是必須注意的。

① 正確：每句話必須<u>正確</u>、<u>清礎</u>，不可有模稜兩可的語氣。不清礎的地方必須再問一次，並且要做記錄，最後再確認一次。

② 迅速：電話鈴聲響起，必須放下手邊的工作馬上接電話，不要讓鈴響聲超過三聲。如果必須與客戶連絡時，須事先將要講的內容整理好後，再撥電話。

③ 簡潔：要考慮到對方的時間，說話的內容要簡單明瞭。如果是預約電話，要記住問對方的姓名、住址、電話、人數、時間等。

④ 禮貌：因為在電話中看不到對方的表情，如果在語氣上稍微有所不當的話，容易引起誤會，所以儘量使用尊敬語。說話的速度、音調、高低、語氣都必須注意。

【接電話的順序】

● 當電話鈴聲響起時，左手接電話，右手拿記錄簿及筆準備，先報出公司的名稱。

「ありがとうございます。眞嘉料理屋（りょうりや）でございます。」

謝謝您的惠顧！這裡是眞嘉料理店。

● 確認對方的姓名，並打招呼。

「鈴木様でいらっしゃいますね、いつもお世話になっています」

是鈴木先生呀！經常的受到您的惠顧……

● 詢問内容

「日にちと　時間は　お決まりでございますか。」

請問…確定在那一天、幾點呢？

「何名様でございますか。」

請問有幾位呢？

「ご予算は　いくらぐらいでございましょうか。」

您的予算是多少呢？

● 如果是不認識或不常來的客人

「恐れいりますが、お客様の　お名前と　お電話番号を　お聞

かせくださいませ。」

很抱歉！能請教您的姓名和電話嗎？

【電話中常用的基本用語】

● 進入主題之前的招呼語

「ありがとうございます。」

謝謝您。

「いつも　お世話になっています。」

經常承蒙您的惠顧。

● 不知道對方的名字時
「失礼でございますが、どなた様でいらっしゃいますか。」
「恐れいりますが、どなた様でいらっしゃいますか。」

先生，對不起，請問是那一位呢？

● 如果對方只是報了姓而沒有説名字時
「恐れいりますが、どちらの山田様でいらっしゃいますか。」

實在很抱歉，請問您是那一位山田先生呢？

「芳富会社の　山田様でいらっしゃいますか。」

請問是芳富公司的山田先生嗎？

● 如果要找的是在店裡的客人
「鈴木さんでございますね。少々　お待ちくださいませ。」

您要找的是鈴木先生嗎？請稍候。

● 如果要找的是其他的同事或上司（外出或正在忙時）
「マネージャーは　ただいま　外出しております。五時には
戻る予定でございますが。」

經理現在不在店裡，大約５點的時候會回來。

「申しわけございません。マネージャーは　ただいま　接客中
でございますが、もう少し　お待ちいただけますか。」

很抱歉，經理現在正在招呼客人，能請您再稍等一會兒嗎？

「よろしければ　折り返し　お電話いたしますので　連絡先を
お教えねがえますか。」

不介意的話，請留下您的電話號碼，再請他回電話給您。

【使客人留下好印象的基本用語】

① かしこまりました。

遵命。

② 承知いたしました。

了解。

③ そのようなことは　ございません。

沒那回事的。

④ それは　何かの間違いかと　思われますが。

我想會不會是有什麼誤會了。

⑤ 誠に　申し訳ございません。

133

實在很抱歉。

⑥　ご迷惑を　おかけいたしまして、誠に申しわけございません。

給您添麻煩，實在很抱歉。

⑦　どういたしまして。

不客氣。

⑧　私に　できることで　ございましたら。

只要我能辦得到的話。

会話練習 I
【電話予約】

受付：芳富中華料理店でございます。

客：予約を　お願いしたいんですが。

受付：はい、ありがとうございます。

　　　予定日は　いつごろでございますか。

客：4月5日ごろですが。

受付：4月5日でございますね。何時ごろからの　ご予定でいらっし

　　　ゃいますか。

客：7時ごろから。

受付：はい、7時ごろからでございますね。何名様でいらっしゃいま

　　　すか。

客：8人ぐらいです。

受付：8名様でございますね。ただいま　お調べいたしますので

　　　少々　お待ちくださいませ。

受付：お待たせいたしました。4月5日土曜日でございますね。お取

　　　りしておきます。

客：よろしく。

受付：ありがとうございます。お恐れ入りますが　お客様の　お名前

　　　と　お電話番号を　お聞かせくださいませ。

客：三光会社、営業部の鈴木です。電話は　２５６−３９６２です。

受付：はい、三光会社、営業部の鈴木様　お電話は　２５６−３９６

２でございますね。

客：はい、そうです。

受付：ご予算は　おいくらぐらいでございますか。

客：だいたい、一人８００元ぐらいで。

受付：はい、かしこまりました。

お一人様　８００元で　８名様でございますね。

客：はい。

受付：承知いたしました。ご用意いたしますので　皆様を　お待ちし

ております。

會話練習 I
【電話預約】

櫃台：這裡是芳富中華料理店。

客人：我想預約。

櫃台：好的，謝謝您。請問日期、時間是什麼時候呢？

客人：在４月５日。

櫃台：４月５日。預定的時間呢？

客人：差不多是７點左右。

櫃台：７點左右。請問有幾位呢？

客人：大概有８位吧。

櫃台：有８位。對不起，我查看一下訂位表，請稍候。

櫃台：讓您久等了！４月５日、正好是星期六。那麼就為您預定下來了。

客人：拜託了。

櫃台：謝謝。很抱歉！可以請教您的尊姓大名及電話號碼嗎？

客人：我是三光公司營業部的鈴木，電話號碼２５６－３９６２。

櫃台：三光公司營業部的鈴木先生，電話號碼２５６－３９６２？

客人：是的。

櫃台：請問您的預算差不多是多少呢？

客人：１個人差不多８００元吧。

櫃台：好的，是１個人８００元，有８位。

客人：是的。

櫃台：謝謝。我們會準備好，等候您光臨。

第十課　　苦情の処理

　　在服務的當中，總會遇到客人抱怨。尤其是在忙的時候，會有等太久、料理出得太慢、或是沒有茶水、茶太冷等抱怨發生。另外如菜餚裡有頭髮、或是菜沒煮熟，費用的計算錯誤等等。

●以下是較易使客人發出抱怨的幾點

　*料理出得太慢

　　「こっちの料理は　まだ　来てないんだ、もう３０分なったのに

　　どうなってるの。」

　　我們的料理還沒來，已經過３０分了，到底怎麼了。

　*料理裡有異物　　（頭髮、線、蟲等…）

　　「料理には　虫が　入っている。」（髪の毛、糸、虫）

　　料理裡有蟲。

　*沒有和料理一起的佐料　　（胡椒、醬油等…）

　　「あのう、コーヒーに　砂糖が　ついてないんだ。」

　　咖啡沒有附糖。

　*茶水太冷、咖啡不熱

　　「コーヒーが　ちょっと　ぬるいじゃないか。」

　　咖啡不熱。

＊音樂太大聲或小孩子太吵

「音楽の　音が　ちょっと　大きすぎるよ。」

　音樂太大聲。

＊服務員遲遲不來或態度不好

「もう　１０分以上も　待たされているんだよ、なかなか　注文
を　聞きにこないんだ。」

　已經等１０分鐘以上了還沒來點菜。

＊湯水或飲料潑到客人的衣物

「わっ、熱い　ひどいじゃないか。」

　哇！好燙呀，太過份了。

＊桌子沒擦乾淨、碗筷沒洗乾淨

「この　茶碗は　きたない。」

　這碗不乾淨。

＊費用計算錯誤。

「計算を　間違えたじゃないか。」

　是否算錯了。

＊沒有將客人預約的桌子準備好

「確か、昨日　予約したのに、どうして　用意していないの。」

昨天確實有預約，爲什麼没有準備好呢？

●如何處理客人的抱怨，有以下三點是必須注意的。

(1)　首先、要向客人道歉。

　　任何事情的發生，都要持著『顧客永遠是對的』的觀念，不可有辯解或爭論的態度，須馬上向客人道歉，使客人的不滿情緒冷静下來。

(2)　必須很冷静的處理。

　　要耐心且注意聽完客人的抱怨。不可以敷衍的態度應對。

(3)　快速的向主管報告。

　　遇到自己無法解決的事時，要馬上請主管出面處理。

【苦情処理の基本用語】

●　「申し訳ごさいません。」

　　實在很抱歉。

●　「どうも　ご迷惑を　おかけいたしました。」

　　很抱歉，讓您感到不便。

●　「店長が　ご挨拶申し上げますので……」

　　我們店長會來招呼您。

【常用的句子】

1. まことに　申しわけありません。

2. すぐに　お取り替えさせて　いただきます。

3. ご迷惑を　おかけしまして　申しわけございません。

4. ただいま、作り直させておりますので　少々お待ち下さいませ。

5. ほんとうに　不注意で　申しわけありません。ただいま　責任者と　代わりますので　少々お待ち下さいませ。

6. ただいま　調理を　しております。もうすぐ　お持ち　できますので　いま　しばらく　お待ち下さいませ。

7. ただいま　確認いたしますので　少々お待ち下さい。

8. 今後は　十分　注意いたします。

9. 今後は　この様な事がないように　十分氣を　つけます。

10. 店長が　ご挨拶　申し上げますので、少々お待ち下さいませ。

【常用的句子】

1. 實在很抱歉。

2. 馬上為您更換。

3. 給您添麻煩，真是抱歉。

4. 重新再為您做過，請稍等一會兒。

5. 由於我們的不注意，實在很抱歉。負責人馬上來請稍等一會兒。

6. 現在已經在作了，馬上可以為您送來請稍等一會兒。

7. 馬上為您查看看請稍等一會兒。

8. 我們下次會十分的注意。

9. 我們會十分的注意，下次不會再發生同樣的事。

10. 我們店長會來招呼您，請稍等一會兒。

会話練習 I
【料理の来るのが遅い】

　　　　　客：料理は　まだですか。もう３０分も待ったよ。

ウェーター：申し訳ございません。乾燒明蝦を　ご注文でございまし

　　　　　　たね。ただいま見てまいりますので、少々　お待ちくだ

　　　　　　さいませ。

～～～＊調理場へ　聞きにいく＊～～～

ウェーター：お客様、ただいま調理を　しております。もうすぐ　お

　　　　　　持ちできますので、いましばらく　お待ちくださいませ。

會話練習 I
【料理來的太慢時】

　客人：料理還没有好嗎？我已等了３０分鐘了。

服務員：對不起！您點的料理是乾燒明蝦，我去厨房問問看。請您稍候。

～～～＊去厨房問了之後＊～～～

服務員：現在已經在爲您做了，請您再等一會兒，馬上就給您送來。

144

会話練習Ⅱ
【注文したものと違う料理が出てきた】

　　　　　客：ちょっと、これ　頼んでないよ。

ウェーター：五目焼きそばでございますが、ご注文の料理と　違って

　　　　　　　おりますでしょうか。

　　　　　客：頼んでないよ。

ウェーター：申し訳ございません。ただいま確認いたしますので

　　　　　　　少少　お待ちください。

～～～＊調理場で　伝票を　確認する＊～～～

會話練習Ⅱ
【上來的菜與所點的菜有誤時】

　客人：我沒有點這道菜哦。

服務員：這是什錦炒麵，不是您點的料理嗎？

　客人：我沒有點這個。

服務員：實在很抱歉，我馬上去查看看。請稍候一下。

会話練習Ⅲ
【料理に虫が有る時】

　　　　　客：ちょっと、虫が　はいっているんじゃないか。

　　　　　　　これじゃ　気持ち悪くて　たべられないよ。

ウェーター：申しわけございません。

　　　　　　　早速　新しいものに　お取り替えいたしますから、少々

　　　　　　　お待ち下さい。

會話練習Ⅲ
【菜餚裏面有蟲時】

　客人：請過來一下，這菜裏有蟲。看了就反胃，怎麼吃嘛？

服務員：真對不起。馬上爲您重做一個新的過來，請稍等一會兒。

会話練習IV
【コーヒーがぬるい】

　　　　客：あら、この　コーヒーが　ぬるい。

ウェーター：まことに　申（もう）しわけございません。

　　　　　　すぐ　熱（あつ）いのを　お取（と）り替（か）えいたします。

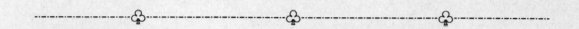

會話練習IV
【咖啡是冷的】

　客人：這咖啡怎麼是冷的呢？

服務員：真是太抱歉了。馬上替您換一杯熱的來。

会話練習Ⅴ
【お湯をこぼしてしまった】

　　　　　客：わっ、熱^{あつ}い、ひどいじゃないか。

ウェーター：申^{もう}し訳^{わけ}ございません。ただいま　拭^ふく物^{もの}を　お持^もちいた

　　　　　　します。

　　　　　客：服^{ふく}が　汚^{よご}れたんだ。

ウェーター：大変^{たいへん}　失礼^{しつれい}いたしました。ただいま　支配人^{しはいにん}と　代^かわり

　　　　　　ますので、少々^{しょうしょう}　お待^まち下さい。

～～～＊支配人が来た＊～～～

　　　　店長：私、店長^{てんちょう}の　周と申^{もう}します。ほんとうに不注意^{ふちゅうい}で　申^{もう}し

　　　　　　わけありません。

　　　　　　お洋服^{ようふく}は　大丈夫^{だいじょうぶ}でございますか。よろしかったら　ド

　　　　　　ライクリーニングさせていただきます。

　　　　　客：クリーニングで　いつできますか。

　　　　店長：あしたの　夕方^{ゆうがた}までに　できると　思^{おも}います。

　　　　　　お客様^{きゃくさま}の　お名前^{なまえ}、お電話^{でんわ}、ご住所^{じゅうしょ}を　教^{おし}えていただけ

　　　　　　れば、お届^{とど}け致^{いた}します。

148

會話練習 V
【菜湯潑到客人身上】

客人：哇！好燙，太過份了。

服務員：真對不起！我去拿擦巾。

客人：衣服都弄污了。

服務員：對不起！我請我們的負責人過來。請稍等一下。

~~~＊負責人來了＊~~~

店長：敝姓周，是這裏的店長，對於我們的不注意實在很抱歉，您的
　　　衣服怎麼樣了呢？是否讓我們爲您送洗呢？

客人：送洗什麼時侯會好呢？

店長：我想明天傍晚應該就能洗好，請告知您的姓名、電話、住址，
　　　我們會儘快爲您送達。

149

三 トラベル管理篇

第十一課　トラベル

　　一位優秀的觀光導遊者，或是優良的旅行業者，所必須具備的並不是只有安排旅遊團的出國或接送。由設計行程、費用估計、訂位、訂購機票、行程內所使用的各種交通工具及餐廳的預約、証件的申請、匯率兌換、海關常識、當地的文化、名勝、古蹟、風俗習慣以及語言等都是服務的範圍，而且是必備的知識。

● 常用旅行社用語

かんこうあんないしょ
観光案内所　　　　　　　　　　　　觀光詢問處

りょこう
旅行センター　　　　　　　　　　　旅行社

こうつうこうしゃ
トラベル交通公社　　　　　　　　　觀光交通公社

かんこうりょこうしゃ
観光旅行社　　　　　　　　　　　　觀光旅行社

● 常用交通工具

ひこうき
飛行機　　　　　　　　　　　　　　飛機

ふね
船　　　　　　　　　　　　　　　　船

かんこう
観光バス　　　　　　　　　　　　　觀光巴士

でんしゃ
電車　　　　　　　　　　　　　　　電車

ゆうらんせん
遊覧船　　　　　　　　　　　　　　觀光輪

152

● 國內旅遊大多採用觀光バス，行程亦可分為：

一日往復 <small>いちにちおうふく</small>　　　　　　　　　　一日往返

日帰りツアー <small>ひがえ</small>　　　　　　　　　　　一日往返

一泊二日 <small>いっぱくふつか</small>　　　　　　　　　　二天一夜

二泊三日 <small>にはくみっか</small>　　　　　　　　　　三天二夜

一週間コース <small>いっしゅうかん</small>　　　　　　　　一週行程

温泉コース <small>おんせん</small>　　　　　　　　　　以温泉為主的行程

名所コース <small>めいしょ</small>　　　　　　　　　　以有名風景區為主的行程

● 國外旅遊所使用的交通工具種類較多行程亦較長。為了縮短行程，
大多採用飛機。

航空会社

C I	中華航空 <small>ちゅうかこうくう</small>	中華航空
C X	キャセイパシフィック航空 <small>こうくう</small>	國泰航空
E G	日本アジア航空 <small>こうくう</small>	日本亞細亞航空
J L	日本航空 <small>にほんこうくう</small>	日本航空
K E	大韓航空 <small>だいかんこうくう</small>	大韓航空
M H	マレーシア航空 <small>こうくう</small>	馬來西亞航空
N W	ノースウェスト航空 <small>こうくう</small>	西北航空

SQ	シンガポール航空		新加坡航空
TG	タイ国際航空		泰國航空
UA	ユナイテッド航空		聯合航空
BR	エバーエア航空		長榮航空

國內航空公司

CAL	中華航空	中華航空
FAT	遠東航空	遠東航空
TNA	復興航空	復興航空
GCA	大華航空	大華航空
	國華航空	國華航空
TAC	台湾航空	台灣航空
MKC	馬公航空	馬公航空

鐵 路	：鉄道	復興號	莒光號

巴 士	：バス	國光號	中興號

台灣的主要都市

● 由北而南

【西部】

チーロン	基隆
タイペイ	台北
トウエン	桃園
タイツォン	台中
タイナン	台南
カオション	高雄

【東部】

ホワァリェン	花蓮
タイトン	台東

【島】

ボウコウ	澎湖
ランユー	蘭嶼

台灣的主要觀光區

【北部】

こきょうはくぶついん	故宮博物院
ちゅうせいきねんどう	中正記念堂
ようめいざんこっかこうえん	陽明山國家公園
ひすいすいこ	翡翠水庫
イエリュウ	野柳
ウーライ	烏來
タイヤルぶんかむら	泰雅文化村

【中部】

にちげつたん	日月潭
ありさん	阿里山
ぎょくさんこっかこうえん	玉山國家公園
きゅうぞくぶんかむら	九族文化村

【東部】

タロコ	太魯閣
チーペンおんせん	知本温泉
チーペンしんりんゆうらくく	知本森林遊樂區

【南部】

チーカンロウ	赤嵌樓
ぶっこうさん	佛光山
チェンチンこ	澄清湖
ケンティンこっかこうえん	墾丁國家公園

第十二課 航空券の購入と便の予約

　出國前的準備除了申請護照、簽証外，尚必須向航空公司預先購買機票，並預約座位。
　一般的旅客這些手續大多經由旅行社代辦。但身爲旅遊服務員，對於辦理的程續必須充分的瞭解，方能給予客戶全方位的服務。

```
常用的單字
```

0	よやく	（予約）	預約
2	リザーブ		預約
3	こうくうけん	（航空券）	機票
0	おうふく	（往復）	來回
0	かたみち	（片道）	單程
5	こうくうりょうきん	（航空料金）	機票費
0	しゅっぱつ	（出発）	出發
0	とうちゃく	（到着）	抵達
1	キャンセル		取消
0	へんこう	（変更）	變更
3	しらべる	（調べる）	調査
2	スペル		拼法
2	イニシャル		開頭字母

0	かくにん	（確認）	確認
3	さいかくにん	（再確認）	再確認

【常用的句子】

1. 中華航空会社ですか。席の　予約を　したいのですが。

2. 12月25日午後　2時15分発の　ＣＩ015便　東京行き
　　の　席を　予約したいのですが。

3. 12月25日　台北発　東京行きの　ＣＩ015便の　予約を
　　確認したいです。

4. ＣＩ015便の　チェックインは　何時ですか。

5. 出発時間は　何時ですか。

6. 到着時間は　何時ですか。

7. 航空会社の　便を　調べて下さい。

8. 12月25日　ＣＩ015便の予約を　キャンセルして、12
　　月25日　ＣＩ075便に　変更して下さい。

9. 出発の　何時間前に　再確認を　しなければなりませんか。

10. チェックインの　手続きは　何時からですか。

【常用的句子】

1. 中華航空公司嗎？我想預約……。

2. 我想預約12月25日下午2時15分飛往東京ＣＩ015班機的座位。

3. 我想確認預約12月25日由台北飛往東京ＣＩ015的班機。

4. ＣＩ015班機的登機手續是幾點呢？

5. 幾點起飛呢？

6. 幾點抵達呢？

7. 請查航空公司飛機的班次。

8. 想取消12月25日的預約改為12月25日ＣＩ075的班次。

9. 出發的幾小時前要辦理再確認手續呢？

10. 從幾點開始辦理登機手續呢？

会話練習 I
【席の予約】

客：もしもし、中華航空会社ですか。

オペレーター：いつも　お世話に　なっています。中華航空会社で

ございます。

客：すみませんが、東京行きの席を　予約したいのですが。

オペレーター：かしこまりました。只今　予約係に　おつなぎいたし

ますので　少々おまちくださいませ。

客：お願いします。

オペレーター：どういたしまして。

予約係：お待たせいたしました。予約係でございます。

客：すみませんが、今月２０日　東京行きの席を　予約し

たいんですが、まだ　空いていますか。

予約係：かしこまりました。少しお待ち下さいませ。いますぐ

調べます。………

お待たせいたしました。１２月２０日午後　２時１５

分発の　ＣＩ０１５便は　席が　空いておりますが、

何名様でございますか。

客：一人です。

予約係：かしこまりました。お名前を　英語の　スペルで　お

162

願い致します。

客：はい、ＣＨＥＮですが　イニシアルは　Ｃです。

予約係：かしこまりました。ＣＨＥＮ様ですね。１２月２０日
午後２時１５分発　東京行きの　ＣＩ０１５便で　お
一人様の　予約を　しました。当日　ご出発の　二時
間前に中華航空の　カウンターで　チェックインの
手続きを済ませて　ください。

客：はい、分かりました。

會話練習
【預約機位】

客人：是中華航空公司嗎？

總機：是的。一直承蒙照顧。

客人：對不起，我想預約到東京的機位。

總機：好的，現在為您接訂位組，請您稍候。

客人：好的，謝謝。

總機：不客氣。

訂位組：訂位組您好！讓您久等了。

客人：我想訂這個月20日往東京的機位，還有空位嗎？

訂位組：馬上查看看，請您稍候。

讓您久等了，12月20日下午2時15分起飛的ＣＩＯ15

班次目前還有空位，請問您要訂幾位呢？

客人：一位。

訂位組：好的，請問您英文名字的拼法。

客人：好的，ＣＨＥＮ。開頭字母是Ｃ。

訂位組：是ＣＨＥＮ先生。12月20日下午2點15分起飛往東京的

ＣＩＯ15班次一個人位子已訂好了。請於當天起飛時間前2

個小時至中華航空的櫃台辦理登機手續。

客人：知道了，謝謝。

会話練習Ⅱ
【席の再確認】

客：もしもし、中華航空ですか。

職員：はい、そうです。中華航空東京オフィスでございます。

客：すみませんが、昨日　東京に　着きました、１２月２５日午前
　　９時１０分発　台北行きの　席を　再確認したいですが、いま
　　この　手続きを　してもいいですか。

職員：はい、結構です。航空会社の　規定は　出発日の　７２時間前
　　に　この　手続きを　済ませて頂くことと　なっております。
　　お名前を　お願いします。

客：ＣＨＥＮです。Ｃ、Ｈ、Ｅ、Ｎ。

職員：かしこまりました。少々　お待ち下さいませ。………
　　お待たせいたします。ＣＨＥＮ様ですね、お一人で　１２月
　　２５日　午前９時１０分羽田発、台北行きの　便を　ただいま
　　確認しました。お泊まりの　ホテルの　お電話番号と　お部屋
　　番号を　お知らせ下さいませ。

客：新宿西口のプリンスホテルですが　電話番号は　３２０５－
　　１１１１。

會話練習 II
【機位的再確認】

客人：是中華航空公司嗎？

職員：是的，這裡是中華航空東京辦事處。

客人：對不起，我是昨天到東京的。想確認１２月２５日上午９點１０

　　　分飛往台北的機位，現在可以辦嗎？

職員：可以的，航空公司的規定在飛機起飛７２小時前要辦理再確認的

　　　手續。請問您的大名是……

客人：ＣＨＥＮ。Ｃ、Ｈ、Ｅ、Ｎ。

職員：好的，請稍待一會兒………

　　　讓您久等了，您是ＣＨＥＮ先生，一位，１２月２５日上午９點

　　　１０分從羽田起飛往台北的機位，已確認好了。請告知您住的飯

　　　店電話號碼和房間號碼。

客人：新宿西口的王子飯店，電話號碼是３２０５－１１１１。

第十三課　航空カウンター

　旅客到達機場後，必須至自己所搭乗的航空公司専用櫃台，辦理報到手續。通常是出發之前二個小時，開始辦理劃訂座位，領取登機証及托運行李等。

常用的單字

3	エアポート		機場
3	エアライン		航空公司
0	こくないせん	（国内線）	國内線
0	こくさいせん	（国際線）	國際線
3	パスポート		護照
1	ビザ		簽証
3	こうくうけん	（航空券）	機票
1	にもつ	（荷物）	行李
3	じゅうりょう	（重量）	重量
6	くうこうしようけん	（空港使用券）	機場服務票
0	とうじょうけん	（搭乗券）	登機証
3	エアターミナル		登機大樓
1	ゲート		登機門
1	ラベル		標籤

きんえんせき　　　　　　（禁煙席）　　　　　禁煙席

けんばいき　　　　　　　（券売機）　　　　　售票機

【常用的句子】

1. 中華航空会社の　カウンターは　どこですか。

2. アジア航空会社の　カウンターは　第一　ターミナルですか。

3. ＣＩ０１５便の　チェックインは　ここですか。

4. パスポートと　航空券を　お見せ下さい。

5. 空港使用券は　どこで　買えますか。

6. タバコを　すいますか。

7. 禁煙席の　方が　いいです。

8. 窓側の　席を　お願いします。

9. 荷物に　ラベルを　つけて下さい。

10. 搭乗券を　どうぞ。

11. 搭乗ゲートは　１０番です。

12. 荷物を　この台に　乗せて下さい。

13. ＣＩ０１５便は　予定通り　出ますか。

14. ＳＱ９８７便は　予定通り　着きますか。

15. どのぐらい　遅れますか。

【常用的句子】

1. 中華航空公司的櫃台在那裏呢？

2. 亞細亞航空公司的櫃台在第一機場大樓嗎？

3. ＣＩ０１５班機的登機手續在這裏辦嗎？

4. 請出示您的護照和機票。

5. 機場服務票要在那裏購買呢？

6. 您抽煙嗎？

7. 我希望能在禁煙區。

8. 請給我靠窗邊的座位。

9. 請在行李上面貼上標籤。

10. 這是登機証。

11. 在１０號登機門。

12. 請把行李放在這個台上。

13. ＣＩ０１５的班機會照預定的時間起飛嗎？

14. ＳＱ９８７的班機會照預定的時間抵達嗎？

15. 差不多會遲到多久呢？

会話練習 I
【空港カウンターのチェックイン手続き】

客：すみませんが、１２時１５分　台北行きＳＱ９８７便の　受付

は　ここですか。チェックインしたいですが。

職員：はい、どうぞ。パスポートと　航空券を　お見せ下さい。

客：はい。

職員：空港使用券は　お持ちですか。

客：はい、こちらです。

職員：荷物は　この　台に　乗せて下さい。

客：はい。

職員：お客様　タバコを　すいますか。

客：いいえ、すいません。禁煙席を　お願いします。

職員：窓側の　席で　よろしいですか。

客：はい、結構です。

職員：では　パスポートと　搭乗券を　どうぞ。搭乗ゲートは　１０

番でございます。

客：どうも　ありがとうございました。

會話練習 I
【機場櫃台報到手續】

客人：請問１２點１５分飛往台北的ＳＱ９８７班機的服務台是這裡吧。

　　　　我想辦理登機手續。

職員：好的，請讓我看一下您的護照和機票。

客人：好。

職員：您有購買機場服務票嗎？

客人：有，在這裏。

職員：請您將行李放到這個台上來。

客人：好的。

職員：先生，您吸煙嗎？

客人：不，我不吸煙，請排在禁煙區。

職員：靠窗邊的位置好嗎？

客人：好。

職員：那麼，這是您的護照和登機証。請在１０號登機門登機。

客人：謝謝。

第十四課　出迎え　と　見送り

對於初次來旅遊者或團體的旅遊團都會要求派人至機場接送。派至機場迎接的旅遊服務人員通常是拿旗子或寫上迎接客人的名字，旅遊團名稱的紙牌以便識別。而一位優秀的旅遊服務員從接機到送行給與遊客良好的第一印象及留下美好的回憶是非常重要的。

【迎接】

● 首先須確認遊客的名字並自我介紹

「三菱商社の　山田部長で　いらっしゃいますか。私は　真嘉旅行社の　陳と申します。」

　　請問是三菱商社的山田部長嗎？　我是真嘉旅行社，敝姓陳。

「はじめまして、真嘉旅行社の　陳と申します。どうぞよろしくお願いします。」

　　幸會，我是真嘉旅行社。敝姓陳，請多多指教。

● 歡迎的話

「ようこそ。」

　　歡迎光臨。

「いらっしゃいませ、お待ち致しております。」

　　歡迎光臨，恭候大駕。

● 帶客人到飯店

「まず　ホテルまで　ご案内致します。」

首先帶您到飯店。

● 爲客人提行裏

「お荷物は　私が　お持ちいたします。どうぞ　こちらへ。」

讓我來爲您提行裏，請往這邊走。

● 請客人上車

「どうぞ　お乗り下さいませ。」

請上車。

● 請客人下車

「どうぞ　お降り下さいませ。」

請下車。

【送行】

● 送行的客套話

「行き届かないところが　ございましたら、どうぞ　ご了承ください。」

招待不周之處請多多見諒。

174

「くれぐれも　よろしく　お願いいたします。」

　　往後也請多多指教。

● 祝福的話

「どうぞ　お元気で。」

　　請多保重。

「ご健康を　お祈りいたします。」

　　祝您健康。

● 請再度光臨的話

「また　遊びに　来て下さいませ。」

　　請再來玩。

「また　どうぞ　お越しくださいませ。」

　　歡迎再度光臨。

0	でむかえ	（出迎え）	迎接
4	はじめまして	（始めまして）	初見面
2	りょこうしゃ	（旅行社）	旅行社
0	のる	（乗る）	搭乗
1	はいる	（入る）	進入
2	おりる	（降りる）	下車
0	うしろ	（後面）	後面
0	いれる	（入れる）	放入
1	ようこそ		歡迎光臨
1	わざわざ		特地
0	みおくり	（見送り）	送行
4	ゆきとどく	（行き届く）	周到
2	くれぐれも		衷心地
1	そろそろ		快要・馬上
3	ゆっくり		充分・慢慢地
0	けんこう	（健康）	健康
2	いのる	（祈る）	祝福
1	げんき	（元気）	健康・精神

0	あそび	（遊び）	遊玩・消遣
0	こす	（越す）	去・來・超過

【常用的句子】

1. はじめまして。真嘉旅行社の　陳と申します。

2. どうぞよろしく　お願い申し上げます。

3. こちらこそよろしく　お願いします。

4. いらっしゃいませ。お待ち致しております。

5. まず　ホテルに　ご案内致します。

6. お荷物は　全部で　何個でございますか。

7. どうぞ　お乗りくださいませ。

8. お荷物は　私が　お持ち致しますので、どうぞ　お入りください

   ませ。

9. どうぞ　お降りくださいませ。

10. 大きな　お荷物は　後ろに　入れておきます。

【常用的句子】

1. 幸會，我是真嘉旅行社。敝姓陳。

2. 請多多指教。

3. 我才是要請您多多指教。

4 歡迎光臨。恭候大駕。

5. 先帶您到飯店。

6. 請問您的行李全部有幾件？

7. 請上車。

8. 我替您拿行李，您請進。

9. 請下車。

10. 大的行李放到後面。

会話練習 I
【空港にお出迎え】

客：私は　田中です。真嘉旅行社の　方でしょうか。

職員：はい、そうです。はじめまして　真嘉旅行社の　陳と申します。

　　　ようこそ。

客：はじめまして。このたびは　いろいろ　お世話に　なりますの

　　で、どうぞ　よろしく。

職員：こちらこそ　よろしく　お願い致します。

　　　お荷物は　全部で　何個でございますか。

客：三個です。スーツケース1点と　バッグ2点です。

職員：三個でございますね、タクシー乗り場まで　ご案内致しますの

　　で、どうぞ　こちらへ。

客：お願いします。

會話練習 I
【機場迎接】

客人：我叫田中，你是真嘉旅行社的人嗎？

職員：是的。幸會，我是真嘉旅行社。敝姓陳，歡迎光臨。

客人：幸會，這次的旅行要麻煩你多照顧了。

職員：不敢當，請您多關照。

　　　請問您的行李有多少呢？

客人：有三件。旅行箱一件、手提包二件。

職員：有三件行李。我帶領您到計程車乘車處，請這邊走。

客人：麻煩你了。

【常用的句子】

1. わざわざ　お見送り　ありがとうございました。

2. たいへん　楽しい旅行が　できまして、ほんとうに　ありがとう
   ございました。

3. 行きとどかないことが　ございましたら、どうぞ　ご了承くださ
   いませ。

4. ベスト・サービスいたしますので　ご安心くださいませ。

5. そろそろ　時間になりましたので、どうぞ　出国の　手続きを
   お済ませ下さい。

6. くれぐれも　宜しく　お願い致します。

7. お気を　つけて　お帰りくださいませ。

8. どうぞ　お元気で。

9. また、遊びに　来て下さいませ。

10. また、どうぞ　お越し下さいませ。

【常用的句子】

1. 特地來送行，實在謝謝您。

2. 能有一個愉快的旅行，實在感謝。

3. 如有照顧不周之處敬請多多見諒。

4 會盡全力為您服務，請放心。

5. 時間差不多了，請辦出境手續。

6. 請您多多照顧。

7. 祝一路順風。

8. 請多保重。

9. 請再來玩。

10. 請再次光臨。

会話練習Ⅱ
【空港にお見送り】

客：わざわざ　空港まで　お見送り　ありがとうございます。

職員：どういたしまして、そんなに　お気を　使わないで下さい。

客：今回、たいへん　楽しい旅行が　できまして　ほんとうに　ありがとうございます。

職員：どういたしまして。お客様に　よい旅を　楽しんでいただいたことは　私どもの　光栄です。これから　くれぐれも　宜しく　お願い致します。

客：また遊びに　来ますので、是非再度　お願いしますね。

職員：かしこまりました。ベスト・サービスいたしますので、どうぞおいで下さいませ。

では、そろそろ　お時間に　なりましたので　どうぞ　出国の手続きを　お済ませ下さい。

客：そうですね、では　入ります。いろいろ　ありがとうございました。

職員：どうぞ　お気を　つけて　お帰り下さいませ。お元気で　さよなら。

客：さよなら。

184

會話練習 II
【機場送行】

客人：特意來送行，謝謝。

職員：不客氣。請不要那麼在意。

客人：這一次的旅行真是愉快。太謝謝你了。

職員：不敢當，能使您有個愉快的旅行是我們的榮幸。今後尚請多多照
　　　顧。

客人：下次來玩時還要再麻煩你。

職員：是，請放心。一定盡最大的心意來爲您服務。

　　　時間也差不多了請辦出境手續。

客人：那麼，我走了。謝謝你。

職員：田中先生，祝一路順風。請多保重，再見。

客人：再見。

第十五課　両替

兌換：機場、銀行、飯店、旅館都有外幣兌換的服務。

常用的單字		

⓪	ぎんこう	（銀行）	銀行
⑤	がいこくかわせ	（外国為替）	國外匯兌
②	こぎって	（小切手）	支票
	りょこうこぎって	（旅行小切手）	旅行支票
	トラベラーズ・チェック		旅行支票
	こまかいかね	（細かいかね）	零錢
	おさつ	（お札）	紙幣
⓪	りょうがえ	（両替）	兌換
④	かわせレート	（為替レート）	匯兌率
①	えん	（円）	日幣
①	ドル		美元
	たいわんげん	（台湾元）	台幣

【常用的句子】

1. すみませんが、この 近くに 銀行が ありますか。

2. 第一勧業銀行は どこですか。

3. 銀行は 土曜日も ありますか。

4. この 用紙の 書き方を 教えて 下さい。

5. 両替したいですが。

6. パスポートが 必要ですか。

7. 円に 両替したいですが。

8. 今日の ドルの レートは いくらですか。

9. 交換レートは いくらですか。

10. 1ドルは いくらですか。

11. ドルを 円に 両替したいです。

12. ドルを 円に 換えたいです。

13. 円の 現金に 換えたいです。

14. この 一万円札を 千円札と 小銭に 換えたいです。

15. この 旅行小切手を 円の 現金に かえたいです。

16. 旅行小切手は あつかっていますか。

17. 手数料は いくらですか。

【常用的句子】

1．對不起，請問這附近有銀行嗎？

2．第一勸業銀行在那裏？

3．星期六銀行有營業嗎？

4．請教我這張表格的寫法。

5．想要換錢。

6．需要護照嗎？

7．想要換日圓。

8．今天美元的匯率是多少？

9．交換匯率是多少？

10．一美元是多少？

11．想將美元換成日圓。

12．想將美元換成日圓。

13．想換日圓的現金。

14．想將這一萬圓換成一千圓的鈔票和零錢。

15．想將這張旅行支票換成日圓的現金。

16．有收旅行支票嗎？

17．手續費多少？

会話練習 I
【両替する場所を訪ねる】

客：日本円を 台湾元に 換えたいですが、どこで 両替できますか。

ガイド：空港や 銀行や ホテルで できます。

客：一番 近い銀行は どこですか。

ガイド：えきの すぐそばに あります。

客：土曜日も ありますか。

ガイド：土曜日は ９時から １２時までです。

客：じゃ、あしたの あさ 行きましょう。

會話練習 I
【詢問兌換外幣的地方】

客人：我想把日圓換成台幣，在那裡可以兌換得到呢？

導遊：在機場、銀行、飯店都可以兌換。

客人：離這裡最近的銀行在那裡呢？

導遊：就在車站的旁邊。

客人：星期六有在辦嗎？

導遊：星期六從９點到１２點。

客人：那明天早上去吧。

会話練習II
【両　替】

銀行員：いらっしゃいませ。

　　客：両替したいですが。

銀行員：二階の　２５番の　窓口へ　どうぞ。

～～～＊二階で＊～～～

　　客：この　旅行小切手を　円に　両替したいです。

銀行員：この　用紙に　書いて下さい。

　　客：今日の　ドルの　レートは　いくらですか。

銀行員：１０６円です。

　　客：これで　いいですか。

銀行員：はい、こちらに　サインを　して下さい。

銀行員：パスポートを　ちょっと　お見せ下さい。

　　客：はい。

銀行員：そちらに　おかけになって、少々お待ち下さい。

會話練習Ⅱ
【兌　換】

銀行員：歡迎光臨。

　客人：我想兌換錢幣。

銀行員：請至２樓２５號窗口辦理。

　客人：謝謝。

~~~＊２樓＊~~~

　客人：我想把這張旅行支票兌換成現金。

銀行員：請填寫這張單子。

　客人：今天美金的匯率是多少呢？

銀行員：是１０６元。

　客人：寫這樣子可以嗎？

銀行員：可以的，請在這上面簽名。

銀行員：可以看一下您的護照嗎？

　客人：好的。

銀行員：請在那邊坐著稍等一下。

第十六課　税　関

● 海　關

⓪	ぜいかん	（税関）	海關
⑥	にゅうこくてつづき	（入国手続き）	入境手續
⑥	しゅっこくてつづき	（出国手続き）	出境手續
⓪	かんぜいしんこくしょ	（関税申告書）	課税申報單
⓪	かぜいひん	（課税品）	課税品
⓪	めんぜい	（免税）	免税
⓪	きんせいひん	（禁制品）	違禁品
⑤	ぜいかんけんさ	（税関検査）	験貨
⓪	もちこみきんしひん	（持込禁止品）	禁止携帯物品

● 藝品店

③	めんぜいひんてん	（免税品店）	免税商店
⓪	おみやげ	（お土産）	土産
⓪	せんす	（扇子）	扇子
②	かけじく	（掛け軸）	掛畫
⓪	びょうぶ	（屏風）	屏風

0	つぼ	（壺）	壺
1	じき	（磁器）	瓷器
1	とうき	（陶器）	陶器
3	ぶつぞう	（仏像）	佛像
0	しんじゅ	（真珠）	真珠
0	にんぎょう	（人形）	娃娃
2	おもちゃ	（玩具）	玩具

● 電氣製品

4	でんきせいひん	（電気製品）	電氣製品
1	ラジオ		收音機
2	カセット		卡式錄音機
3	ラジカセ		收錄音機
1	テレビ		電視
	ビデオVTR		錄影機
4	ビデオ・テープ		錄影帶
	レーザー・ディスク		雷射唱片
2	スピーカー		擴音器
3	パソコン		個人電腦
	ファミコン		電視遊樂器

⓪	でんたく	（電卓）	電算機
④	でんしレンジ	（電子レンジ）	微波爐
③	すいはんき	（炊飯器）	電鍋
⓪	アイロン		熨斗
②	ドライヤー		吹風機
⓪	カメラ		相機
①	フィルム		底片
①	レンズ		鏡片
	ビデオ・カメラ		撮影機
⓪	とけい	（時計）	鐘・錶
	ゲーム・ウォッチ		馬錶
①	でんち	（電池）	電池

● 化粧品

⓪	くちべに	（口紅）	口紅
②	クリーム		乳液
②	けしょうすい	（化粧水）	化粧水
⓪	こうすい	（香水）	香水
⓪	ひやけどめ	（日焼け止め）	防曬油
①	ブラシ		刷子

0	スポンジ		海綿
3	かみそり	（剃刀）	剃刀

● 香煙類

0	タバコ		香煙
3	まきタバコ	（巻タバコ）	捲煙
0	はまき	（葉巻）	雪茄
1	ケント		肯得
1	ピース		和平
1	バイスロイ		總督
3	マールボロ		萬寶路
4	スリーファイブ		三五牌

● 酒　類

2	ウィスキー		威士忌
0	ブランディー		白蘭地
0	マーテル（ナポレオン）		馬丁尼拿破崙
4	ホワイトホース		白馬
3	しょうこうしゅ		紹興酒

● 其 他

1	アクセサリー		飾品
0	ゆびわ	（指輪）	戒指
1	イアリング		耳飾
1	ネックレス		項鏈
3	サングラス		太陽眼鏡
4	ハンドバック		手提包
0	さいふ	（財布）	錢包
1	デュポン		都彭
1	ライター		打火機
0	ぼうえんきょう	（望遠鏡）	望遠鏡
0	がっき	（楽器）	樂器
5	スポーツようひん	（スポーツ用品）	體育用品
0	けつあつけい	（血圧計）	血壓計

【常用的句子】

1. 手荷物は　どこで　受け取りますか。

2. 私の　荷物が　一つ足りないです。

3. 一週間ぐらい　滞在します。

4. 申告する物は　ありません。

5. 全部　身のまわり物です。

6. これは　持ち帰る　お土産です。

7. 貴金属は　ありません。

8. ウィスキーは　何本　持ちますか。

9. 出発地は　どこからですか。

10. 旅行目的は　何ですか。（観光、商用、留学）

11. 日本の　連絡先は　どこですか。

12. 予定滞在時間は　どのぐらいですか。

13. 使用方法を　教えて　下さいませんか。

【常用的句子】

1. 要到那裏領取行李呢？

2. 我的行李少了一件。

3. 停留一星期左右。

4. 沒有申報的行李。

5. 全都是隨身之物。

6. 這是要帶回去的土產。

7. 沒有貴金屬物品。

8. 威士忌酒可以攜帶幾瓶？。

9. 出發地是那裏？

10. 旅行的目的是什麼？　　（觀光、商務、留學）

11. 在日本的連絡處是那裏？

12. 預定停留的時間是多久？

13. 請教我使用的方法。

会話練習 I
【日本の入国手続き】

観光客：お願いします。

税関員：目的は　何ですか。

観光客：観光です。

税関員：予定滞在時間は　どのぐらいですか。

観光客：一週間ぐらいです。

税関員：滞在予定地は　どこてすか。

観光客：東急プラザホテルです。

税関員：はい、結構です。

観光客：どうも。

會話練習 I
【日本的入境手續】

觀光客：拜託。

海關員：您來的目的是什麼？

觀光客：觀光。

海關員：停留的時間預定多久？

觀光客：差不多一個星期。

海關員：預定停留在何處？

觀光客：東急プラザ飯店。

海關員：好，可以了。

觀光客：謝謝。

会話練習Ⅱ
【荷物の検査】

観光客：お願いします。

税関員：荷物を　台に　乗せて、あけてください。

観光客：はい。

税関員：申告するものは　ありませんか。

観光客：いいえ、全部　身のまわり物です。

税関員：それは　何ですか。

観光客：友達の　おみやげです。

税関員：一万円以上の　おみやげや、貴金属は　持って　おられませ

　　　　んか。

観光客：いいえ、今　つけている物だけです。

税関員：はい、結構です。

會話練習 II
【行李的檢查】

觀光客：拜託。

海關員：請把行李打開放在台上。

觀光客：好。

海關員：有申報的行李嗎？

觀光客：沒有，全是些隨身攜帶物品。

海關員：那個是什麼？

觀光客：是給朋友的土產。

海關員：您有一萬元以上的土產或是貴金屬物品嗎？

觀光客：沒有，就只這些而已。

海關員：好，可以了。

第十七課　交通

常用的單字

● バス・電車

⓪	バスてい	（バス停留所）	公車站
3	バスセンター		公共汽車總站
6	バスターミナル		公共汽車總站
3	バスガイド		觀光汽車導遊
5	かんこうバス	（観光バス）	觀光巴士
5	ワンマンバス		一人服務車
4	にかいバス	（二階バス）	雙層巴士
5	マイクロバス		小型巴士
⓪	こくてつ	（国鉄）	國營鐵路
	JR線		JR線
⓪	してつ	（私鉄）	民營鐵路
⓪	ちかてつ	（地下鉄）	地下鐵路
⓪	おとな	（大人）	大人
⓪	こども	（子供）	兒童
⓪	ボタン		按鈕

（バス停留所）のふりがな：ていりゅうじょ

0	１０えんだま	（１０円玉）	１０元硬幣
	じどうきっぷうりば	（自動切符売場）	自動售票處
1	コイン（とうにゅう）	（投入）	投幣口
0	ゆきさき	（行き先）	去處
0	よびだし	（呼び出し）	呼出
0	とりけし	（取り消し）	取消
	とうにゅうきんがく	（投入金額）	投入金額
	はつばいちゅう	（発売中）	售票中
	はつばいちゅうし	（発売中止）	停止售票
3	にゅうじょうけん	（入場券）	月台票
3	かいすうけん	（回数券）	回數票
3	ていきけん	（定期券）	月票
2	まどぐち	（窓口）	窗口
5	かくえきていしゃ	（各駅停車）	普通車
0	かいそく	（快速）	平快
0	きゅうこう	（急行）	快車
0	とっきゅう	（特急）	特快車
3	しんかんせん	（新幹線）	新幹線
	とっきゅうしていけん	（特急指定券）	對號特快車票
3	しんだいけん	（寝台券）	臥舖車票

4	まえうりけん	（前売り券）	預售票
4	かいさつぐち	（改札口）	剪票口
0	ひがしぐち	（東口）	東口
0	にしぐち	（西口）	西口
0	みなみぐち	（南口）	南口
0	きたぐち	（北口）	北口
0	ちゅうおうぐち	（中央口）	中央口
3	ホーム		月台
	コインロッカー		投幣式保管箱
	いちじあずかりしょ	（一時預かり所）	臨時寄放處
	わすれものとりあつかいしょ （忘れ物取扱所）		失物招領處
0	のりかえ	（乗り換え）	換車
0	のりこし	（乗り越し）	乘過站

● タクシー

1 タクシー 計程車

1 りょうきん （料金） 費用

2 メーター 計程表

タクシーのりば （タクシー乗り場） 計程車招呼站

やかんわりましりょうきん 夜間加價
（夜間割り増し料金）

0 かいそう （回送） 回車

0 くうしゃ （空車） 空車

4 ラッシュアワー 尖鋒時間

【常用的句子】

1. すみませんが、このバスは　新宿歌舞伎町に　とまりますか。

2. 銀座四町目へ　いきたいですが、何番のバスに　乗れば　いいですか。

3. このバスは　横浜駅へ　いきますか。

4. この　近くに　バス停が　ありますか。

5. 次は　渋谷ですか。

6. 上野動物園まで　いくらですか。

7. どこで　乗り換えますか。

8. 特急料金は　いくらですか。

9. 切符売場は　どこですか。

10. 次の駅は　どこですか。

11. ここから　いくつ目ですか。

12. 最終電車は　何時ですか。

13. すみません、おります。

14. 新幹線の　窓口は　どこですか。

15. 道に　迷いました。

16. 現在地は　この地図の　どこですか、教えてください。

【常用的句子】

1. 對不起，這班巴士有在新宿歌舞伎町停站嗎？

2. 想去銀座四丁目，要坐幾號車呢？

3. 這班巴士有到橫浜嗎？

4. 在這附近有巴士招呼站嗎？

5. 下一站是涉谷嗎？

6. 到上野動物園要多少錢呢？

7. 在那裏換車呢？

8. 特快車票多少錢呢？

9. 售票處在那裏呢？

10. 下一個站是那裏呢？

12. 最後一班電車是幾點呢？

13. 對不起，要下車。

14. 新幹線的窗口在那裏呢？

15. 迷路了。

16. 請告訴我，現在的地方是在地圖上的那裏？

【常用的句子】

1. すみません、タクシー乗り場は　どこですか。

2. タクシーを　呼んで　いただけますか。

3. 乗ってもいいですか。

4. 東急プリンスホテルまで　お願いします。

5. この　住所の　ところへ　お願いします。

6. 道が　込んでいます。

7. ラッシュアワーの時間ですから。

8. 急いで　お願いします。

9. 次の　信号を　右に　曲がってください。

10. ここで　止まってください。

11. 羽田空港まで　お願いします。

12. ここから　銀座まで　いくらぐらいですか。

【常用的句子】

1. 對不起，計程車招呼站在那裏？

2. 能替我叫計程車嗎？

3. 可以乘坐嗎？

4. 到東急王子飯店，拜託。

5. 到這個地址的地方，拜託。

6. 塞車。

7. 因爲是尖峰時間。

8. 在趕時間，拜託。

9. 請在下一個紅綠燈右轉。

10. 請在這裏停車。

11. 到羽田機場，拜託。

12. 從這裏到銀座要多少錢？

会話練習 I
【道が込んで急いでいる時】

客：乗ってもいいですか。

タクシー：はい、どうぞ。どちらまでですか。

客：羽田空港まで　お願いします。

タクシー：はい。

客：あのう、ちょっと　時間がないので　急いでください。

タクシー：ラッシュアワーだから、ちょっと時間が　かかるかもしれ

ません。

客：困ったなあ、近道が　ありませんか。

タクシー：ございますが、今の時間だったら、たぶんこんでいるでしょ

う。まあ、仕方がないから　近道を　はしってみましょう。

客：では　お願いします。

會話練習 I
【塞車又趕時間時】

客人：可以乘坐嗎？

計程車：可以的，請問要到那裡呢？

客人：羽田機場。

計程車：好的。

客人：我在趕時間，能不能請您快一點。

計程車：現在是尖鋒時間，可能要花一點時間。

客人：眞傷腦筋！……有近路嗎？

計程車：有是有，但是現在的時間可能都塞車吧……

　　　　沒辦法，還是走近路看看吧。

客人：那麼就拜託了。

会話練習Ⅱ
【目的地までの時間を聞く】

タクシー：どちらまでですか。

　　客：東急プリンスホテルまで　お願いします。

タクシー：はい、わかりました。

　　客：どのぐらいかかりますか。

タクシー：そうですね、今の時間は　高速道路が　すいていますから、

　　　　　だいたい３０分ぐらいかかるでしょう。

タクシー：お客様は　お急ぎですか。

　　客：いいえ、急がないです。

會話練習Ⅱ
【詢問到達目的地所需要的時間】

計程車：要到那裡呢？

　客人：東急王子飯店，拜託。

計程車：是的。

　客人：需要多久呢？

計程車：這個嘛……現在的時間走高速道路較不塞車，大概需要３０分

　　　　左右吧。

計程車：您在趕時間嗎？

　客人：不，不趕。

【對客人使用的敬語】

普通の表現	敬語	
1．わたし	わたくし	我
2．わたしたち	わたくしども	我們
3．あなた	あなたさま	您
4．年配の人	ご年配の方	長輩
5．老人	お年寄りの方	老年人
6．子供	お子さま	小孩
7．子供達	お子さま方	小孩子們
8．男の子	お坊っちゃん	男孩
9．女の子	お嬢ちゃま	女孩
	お嬢さま	
10．ご主人	ご主人さま	先生
11．奥さん	奥さま	太太
12．お連れさん	お連れの方	隨行的人
13．そうです	さようでございます	是的
14．いいです	よろしゅうございます	好的
15．そうします	そう致します	就那麼做
	そのようにさせていただきます	
16．こっち	こちら	這裏
17．あっち	あちら	那裏
18．わかってます	存じております	知道

19. わかりません	わかりかねます	不知道
20. います	いらっしゃいます	在
21. いませんか	いらっしゃいませんか	不在嗎？
22. いません	いらっしゃいません	不在
23. いま行きます	只今うかがいます	現在去
24. そっちに行きます	そっちにうかがいます	到您那裏
25. いま持って行きます	只今お持ち致します	現在就拿去
26. 呼んで来ます	お呼びして参ります	請…人來
27. あとで来ます	のちほどうかがいます	等一下來
28. やっておきます	致しておきます 済ませておきます	事先準備好
29. 失礼しました	失礼致しました	告退了
30. 食事は済みました	食事は済ませました	用過餐了
31. もう食べました	もう済ませました	已經用過了
32. おいしいですか	お口に合いますか	合您口味嗎？
33. まずいですか	お口に合いませんか	不合您口味嗎？
34. お味のほうはどうで したか	お味はいかがでござい ましたか	味道如何呢？
35. ぬるいですか	ぬるいございますか	不熱嗎？
36. 取り替えましょうか	お取り替え致しましょ うか	再為您換一份
37. お済みですか	お済みでございますか	請問用完了嗎？
38. お下げします	お下げ致します	為您收盤子
39. お決まりですか	お決まりでございます か	請問決定好了嗎？

216

40. あとで参ります	のちほどうかがいます	待會兒再來
41. すみません	申し訳ございません	對不起
42. ここでお待ち下さい	こちらでお待ち下さいませ	請在這裏等候
	こちらでお待ちになって下さいませ	
43. そこに掛けてお待ちください	そちらにお掛けになってお待ち下さいませ	請坐在那裏等候
44. コートを預かります	コートをお預かり致します	為您保管大衣
45. 洋服、着物、コート	お召し物	衣服
46. 靴	お履物	鞋子
47. ここに置いております	こちらにお置き致しておきます	放在這裏
48. 聞いてみます	伺ってみます	問看看
	お聞きしてみます	
49. 足元に気を付けて下さい	お足元にお気を付け下さいませ	請小心走
50. ゆうべはよく眠れましたか	昨夜はよくお休みになられましたか	昨夜睡得好嗎？
51. ここにサインしてくれますか	こちらにサインしていただけますか	可以請您在此簽名嗎？
52. もう帰るんですか	もうお帰りでございますか	要回去了嗎？

217

53. そう言っておきます	そのようにお伝え致し ておきます	我會照那樣的轉達
54. 疲れたでしょう	お疲れございましょう	您累了吧？
55. ご苦労さまでした	お疲れさまでございま した	您辛苦了

218

日本主要都市名稱

　　日本是由北海道、本州、四国、九州等四個島及其他小島所組成細長形的島國。四季分明由北而南，氣候的差異也很大。

＊其中北海道的札幌，以農畜業爲主。出産奶油並且每年２月聞名的雪
　祭招來不少觀光客。

＊青森以盛産蘋果出名。

＊東京是日本最繁榮的都市，有亞洲唯一的迪斯耐樂園，較著名的有銀
　座、新宿、上野、池袋。近幾年來以年青人的消費爲目標的有原宿、
　渋谷都極爲熱鬧。

● 由北而南

ほっかいどう	北海道	さいたまけん	埼玉県
さっぽろ	札幌	ちばけん	千葉県
あおもり	青森	とうきょうと	東京都
いわてけん	岩手県	かながわけん	神奈川県
みやぎけん	宮城県	にいがたけん	新潟県
あきたけん	秋田県	とやまけん	富山県
やまがたけん	山形県	いしかわけん	石川県
ふくしまけん	福島県	ふくいけん	福井県
いばらぎけん	茨城県	やまなしけん	山梨県
とちぎけん	栃木県	ながのけん	長野県
ぐんまけん	群馬県	ぎふけん	岐阜県

しずおかけん	静岡県	やまぐちけん	山口県
あいちけん	愛知県	とくしまけん	徳島県
みえけん	三重県	かがわけん	香川県
しがけん	滋賀県	えひめけん	愛媛県
きょうとふ	京都府	こうちけん	高知県
おおさかふ	大阪府	ふくおかけん	福岡県
ひょうごけん	兵庫県	さがけん	佐賀県
ならけん	奈良県	ながさきけん	長崎県
わかやまけん	和歌山県	くまもとけん	熊本県
とっとりけん	鳥取県	おおいたけん	大分県
しまねけん	島根県	みやざきけん	宮崎県
おかやまけん	岡山県	かごしまけん	鹿児島県
ひろしまけん	広島県	おきなわけん	沖縄県

● 北部

國賓大飯店	アンバサダー
來來大飯店	ライライシェラトン
美麗華大飯店	ミラマー
台北希爾頓大飯店	ヒルトン
華泰大飯店	グロリア
西華飯店	ザシャーウッド
圓山大飯店	グランド
富都大飯店	フォーチュナ
力霸大飯店	レーバークラウン
台北老爺大酒店	ロイヤル
台北麗晶酒店	リージェント
六福客棧	レオフー
台北凱悦大飯店	グランドハイアット
福華大飯店	ハワードプラザ
中泰賓館	マグノリア
環亞大飯店	アジアワールドプラザ
兄弟大飯店	ブラザー

華國大飯店	インペリアル
遠東國際大飯店	ファーイースタン
統一大飯店	プレジデント
亞都大飯店	リッツ

● 中部

全國大飯店	ホテルナショナル
長榮桂冠酒店	エバーグリンラウレル
通豪大飯店	プラザインタナショナル
台中大飯店	タイチュウホテル
大使大飯店	アンバサダー
米堤大飯店	レーミディホテル
日月潭中信大飯店	日月潭チャイナトラスト
花蓮中信大飯店	花蓮チャイナトラスト
花蓮美侖大飯店	パークビューホテル
阿里山賓館	アリサン

● 南部

台南大飯店	タイナン
赤嵌大飯店	レッドヒル
高雄國賓大飯店	アンバサダー
華園大飯店	ホリデイ・ガーデン

華王大飯店	キングダム
高雄圓山大飯店	グランド
漢來大飯店	グランドハイライ
霖園大飯店	リンデーン
知本老爺大酒店	知本ロイヤル
墾丁賓館	ケンティン・ハウス
凱撒大酒店	シーザー・パークホテル・ケンティン

香 港

ホンコン側のホテル

怡東酒店 (Excelsior)	エクセルシオール
富麗華酒店 (Furama Kempinski Hong Kong)	フラマー・ケンビンスキー・ホンコン
君悦酒店 (Grand Hyatt)	グランド・ハイアット
希爾頓酒店 (Hong Kong Hilton)	ヒルトン
文華酒店 (Mandarin Oriental)	マンダリン・オリエンタル
海港酒店 (Victoria)	ビクトリア

九 龍

カウルーン側のホテル

太子酒店
(Omni Prince)

オムニ・プリンス

香港酒店
(Omni The Hong Kong)

オムニ・ザ・ホンコン

九龍香格里拉大酒店
(Kowloon Shangrila)

カウルーン・シャングリラ

九龍酒店
(Kowloon)

カウルーン

半島酒店
(The Peninsula)

ザ・ベニンシュラ

麗晶酒店
(The Regent)

ザ・リージェント

喜來登酒店
(Sheration)

シェラトン

日航香港酒店
(Nikko Hong Kong)

ニッコー・ホンコン

新世界大酒店
(New World)

ニュー・ワールド

凱悦酒店
(Hyatt Regency)

ハイアット・リージェンシー

富都酒店
(Fortuna)

フォーチュナ

金域假日酒店
(Holiday Inn Golden)

ホリディー・イン・ゴールデン
マイル

海景假日酒店　　　　　　ホリディー・イン・ハーバー
(Holiday Inn Harbour View)　ビュー

美麗華酒店　　　　　　　ミラマー
(Miramar)

富豪酒店　　　　　　　　リーガル・カウルーン
(Regal Kowloon)

帝苑酒店　　　　　　　　ロイヤル・ガーデン
(Royal Garden)

作者簡介：
　　　陳寶碧
學歷：日本亞細亞大學畢業
經歷：國際留學生協會評議員
　　　『台中市觀光指南』日語譯者
　　　真嘉文教學園園長
著作：『にほんごのはじめ』
　　　『にほんごのはじめ』練習冊
　　　觀光旅運管理研習班日文會話ⅠⅡⅢ
現任：台中市觀光協會日語教師

國家圖書館出版品預行編目資料

待客服務日語會話入門／陳寶碧著.--再版.
　-臺北市：鴻儒堂, 民86
　　面；　公分
　　ISBN 957-8357-00-1(平裝)

1.日本語言-會話

803.188　　　　　　　　　　　　　　86010334

旅館・餐飲・觀光旅遊
待客服務日語會話入門

CD書不分售
本書附CD 2片 定價500元

初版中華民國八十五年八月
再版中華民國八十六年九月
本出版社經行政院新聞局核准登記
登記證字號：局版臺業字1292號

著　　者：陳　寶　碧
發 行 人：黃　成　業
發 行 所：鴻儒堂出版社
地　　址：台北市中正區10047開封街一段19號二樓
電　　話：(02)2311-3810 / (02)2311-3823
傳　　真：(02)2361-2334
郵政劃撥：01553001
電子信箱：hjt903@ms25.hinet.net

本書凡有缺頁、倒裝者，請逕向本社調換